文春文庫

神様のたまご

下北沢センナリ劇場の事件簿

稲羽白菟

文藝春秋

目次 contents

神様のたまご

下北沢センナリ劇場の事件簿

変わり続ける相変わらずの街へ

一九八一年のイースター。四月十九日。

下北沢の東の端、木造アパートの二階に二つの小劇場が誕生した。


バブル景気に向かう中、この国全体が何やら浮き足立っていたあの頃。

学生運動やいわゆる「小劇場演劇」の熱気が、もはや時代遅れになりつつあったあの頃。

古いアパートを改造して小劇場を開いた私を、人々は変人と嗤ったものだった。


しかし、私の二つの劇場は次世代の演劇人が多く翔び立つ巣となった。

七〇年代の熱気や猥雑さは影をひそめはしたものの、独特な世界観、言葉遊び、洒脱な笑い……次の世代の演劇が次々とここで生まれ、下北沢の街もまた「演劇の街」として大いに成長したのだった。


なにも私は、それを自分の手柄と自慢したい訳じゃない。

重要なのは芝居そのもの。劇場なんて劇団とお客さんのために舞台と客席を用意する、単なる「ハコ」に過ぎないものだ。

しかし、この劇場の設立者として、一つだけ、私は誇りに思うことがある。

ここに集う人々の情熱や感動、笑いや涙が蓄積され、熟成され、年季の入ったこの劇場に神様が宿ったのだ。

今やいわゆる仏様になってしまった私にも、「神様なるもの」が本当にいるのかどうか、正直言ってわからない。

しかし、ここから翔び立った人々は、自分たちの夢を叶えた不思議な力をたしかに感じ、誰が言い出す訳でもなく、この劇場には芝居の神様が住むと皆密かに信じているのだ。

人々の平凡な日常に奇跡を起こし、悩みを解《ほぐ》し、そして明日を生きる力を与える――。

もし神様がそういうものなのだとしたら、神様は本当にこの劇場にいるかもしれない。

いや、確かにいるはずだ。

誰かの神様になれる可能性をもった「神様のたまご」たちが、ここでは日々、幕が開けば舞台の上、スポットライトに照らされて立っているのだ。

今までも、そして、きっと、これからも……

ACT 1 神様のたまご

The Adventure
of
the Blue Carbuncle

1

なかなか外に出られない階段だらけの迷宮ダンジョン――そんな小学生の頃の記憶と違い、下北沢の駅は地下からのエスカレーターを真っ直ぐ上がって改札に出る、綺麗で、新しい、普通の駅になっていた。

「光太朗《こうたろう》……かい?」

改札を出た僕を迎えてくれた薫《かおる》おじさんはチェックのネルシャツにジーンズ姿、独身の若々しい雰囲気は七年前と少しも変わっていなかった。しかし、そっと探るように近づいてくるその足取りは、僕が久しぶりに再会する甥っ子なのかどうなのか、なんだか自信のない様子だった。

思春期以降初の再会に戸惑って、僕も他人行儀に応えてしまう。

「ご……ご無沙汰してます。これから、お世話になります」

「ああ――」安心したように、おじさんは目を細めた。

「叔父さんに敬語を使うようになったんだな。光汰朗も立派な大人になったもんだ」

まだ緊張がとけず、僕の他人行儀は続く。

「ばあちゃんも、皆さんも、お変わりありませんか？」

「ああ。ばあちゃんもなっちゃんも、変わらず元気にお前をお待ちかねさ。この街も相変わらず……と言いたいところだが、駅が新しくなっててびっくりしたろ？」

「はい。間違えて降りちゃったのかと思いました。いつ新しくなったんですか？」

「ついこの間。先週の土曜さ。二〇一三年三月二十三日、小田急線は地下に潜った。長年の嫌われ者『開かずの踏切』は皆に惜しまれ、下北沢の街からついにその姿を消した――」

演劇の街、下北気分を演出してくれているのか、芝居がかった口調でおじさんは続けた。

「とはいえ、駅が地下に潜った程度で変わってしまう、そんなヤワな街じゃない。きっとお前もびっくりするほど、イーストエンドは昔のまんまさ。さあ、懐かしい場所に戻るとしようか」

イーストエンド――。

シモキタザワ・イーストエンド。

それは母さんの実家。

僕のじいちゃんが作った複合施設の名称だ。

複合施設なんて言うと立派そうに聞こえるけど、古いアパート二棟を連結させ、二階の向かって右を『ザ・センナリ』、向かって左を『センナリ・コマ劇場』、二つあわせて『下北沢センナリ劇場』と呼ばれる小劇場に、一階を飲食店街『センナリ横丁』に改築した、それは不思議な建物なのだ。

イーストエンドという名前はロンドンにある商業演劇の中心地「ウエストエンド」と真反対、「ちっぽけな場末の劇場」というユーモアと「下北沢の東の端」というロケーションからじいちゃんが付けたものらしい。

僕が物心つく前に死んだじいちゃん――木下忠雄《きのしたただお》は元は映画俳優だった。俳優としてはあまりパッとしなかったそうだけど、俳優業に見切りをつけて始めたバーや居酒屋、アパート経営、下北沢での事業に成功し、じいちゃんはそれを元手にイーストエンドを開いた。

木下家のご先祖様は豊臣秀吉――そんな家伝を本気で信じていたじいちゃんは、秀吉の馬印、千成瓢箪にちなんで劇場と横丁に『センナリ』の名前を冠した。「センナリの舞台に立った役者たちには秀吉のように大出世してほしい」というじいちゃんの願いが天に通じたのか、一九八一年のオープン以来、ザ・センナリとコマ劇場は大勢の小劇場演劇のスターを世に送り出した。「センナリに出た役者は必ず売れる」という伝説とともに、若手の憧れ、ベテランの古巣として、じいちゃんが遺した劇場は今もなお多くの演劇人や観客たちに愛され続けているのだ。

……と、こんな風に語ると、僕はじいちゃんとイーストエンドを愛する祖父孝行な孫と思われるかもしれない。

けど、これは上京直前に検索した、誰でもネットで拾える程度の情報だ。

父さんの仕事の都合で幼い頃は引っ越しばかり、物心ついてからはずっと神戸で育ってきた僕は母さんの実家《いなか》、木下家とイーストエンドに、残念ながら今まであまり縁がなかった。下北沢に来るのも小学六年生の夏休み、上野の博物館にミイラ展を見に来た時以来のことだ。その時の記憶では、下北沢は小田急線と井の頭線が立体的に交差したダンジョンのような駅、駅を出れば細くて入り組んだ路地に小さな店がひしめくように軒を並べている、とにかくごちゃごちゃした印象の街だった。

そんな記憶とうらはらに、駅はすっかり変わっていた。

けど、おじさんの後をついて歩き出すと、イーストエンドまでの下北沢の街の印象はびっくりするほど昔と変わっていなかった。

「……どうだ、昔のまんまだろ？」

ごみごみした路地を抜けて大通りを進み、歩みを止めたおじさんは背後の僕に声を掛けた。

「たしかに――」緩やかにカーブする通りの外周側、独特なその建物を見上げ、僕は思わず声を漏らした。

古びた建物の二階正面、建物の横幅いっぱいにネオン管で書かれた「イーストエンド」の文字。

その真下、一階の中央には田舎の小さな飲み屋横丁のような短い袋小路が伸びている。元々アパートの狭間だった横丁には飲食店の置き看板がいくつか並び、左右の建物を繋ぐ透明なポリカーボネートの屋根越しに柔らかな午後の日差しが差し込んでいる。

横丁の手前右側、建物の正面を斜めに上がる鉄の外階段も昔の記憶そのままだった。それは二階のメイン劇場、ザ・センナリへの入場口だ。鉄階段の下のスペースには公演のポスターを貼るガラスケース。その中には「本日初日」という掲示の下、青い大きな宝石（ガラス玉？）の写真の上に『シャーロック☆ホームズの新しい夜明け』というタイトルが大きく書かれた公演ポスターが貼られている。そして階段の脇には『センナリ』と彫られた木製の看板。その下には受付窓口のような小部屋。

今日が初日の公演ポスター以外、たった一つも新しくなった形跡はない。

「……本当に昔のまんまなんですね。駅からここまで歩く間に、なんだかタイムスリップしたような気分です」

「懐かしいか？」

「はい。ミイラの思い出が、なんだかブワッと心に甦りました」

「ミイラ？」

「上野の博物館にミイラ展を観に来たんです、小六の時。前、東京に来た時」

「そうだったっけ？」おじさんは笑い、そして言った。

「ミイラとか昆虫とか、子どもは好きだもんな。けど、そんな子どもだった光太朗が、もう大学生になるんだからなあ。……で、まだ好きなのかい？」

「何をですか？」

「ミイラだよ。ミイラ」

「いや、特には……」

「まぁ、そんなもんだよな。……うん。そんなもんだ」

ひとりごとのように言いながら、おじさんは受付窓口の方に進んで行く。

小窓から無人の狭い部屋をのぞき込み、おじさんは小さな声で「あれ？」とつぶやいた。

「どうかしたんですか？」

「そろそろ受付に劇団の人間が入らなきゃいけない時間なんだけどな。まぁ、準備が押してるんだろう」

別に大したことじゃない――とでもいうようにおじさんは笑った。

「さて、二階に上がるとしよう。なっちゃんが勤務中だから、ばあちゃんも上の事務所で待ってくれてる。ところで先に一つ、伝えておかなきゃいけないことがある――」

話しながら、おじさんは鉄の階段を上り始めた。

＊

外階段から建物に入ってすぐ、アパートの二、三部屋をぶち抜いたような天井の低いロビーにまだお客さんの姿はなかった。

外観と同じく昔とまったく変わらないロビーを僕はしみじみ見渡した。

ピンクに色あせた赤い絨毯。窓以外の壁面を埋め尽くす色とりどりの芝居のポスターやチラシ。

ロビーの先、建物の奥に向かって伸びる廊下の「アパートの廊下そのまんま」といった雰囲気も昔とまったく同じだ。僕の記憶では、廊下の左側がザ・センナリの客席と舞台、右側にはアパートの部屋をそのまま流用したような部屋が三つ並んでいるはずだ。たしか一番手前が劇場の事務所、その奥には楽屋用の部屋が二部屋。

小学生の頃、休演日に忍び込んで探検した時の記憶そのまんま。

中に入っただけで、なんだかワクワクしてしまう不思議な劇場。

ロビーを抜け、僕はおじさんについて廊下一番手前の部屋に入った。

「光《こう》ちゃん、まぁ随分大きくなって！　新幹線の長旅、さぞ疲れたでしょう」

十畳ぐらいの事務所に入ってすぐの応接セット。ソファーに座っていたばあちゃんは明るい声をあげて立ち上がった。

七年前より少し白髪が増えたような気はするけど、ピンと伸びた背筋と華やかな笑顔、そして昔からの定番ファッション、着物をリメイクしたワンピースを上品に着こなすばあちゃんは、むしろなんだか若返ったようにすら見える。そんな僕のばあちゃん、木下成子《なりこ》はじいちゃんが亡くなって以来イーストエンド全体を切り盛りするオーナーだ。

薫おじさんと一緒にばあちゃんの前まで進み、なるべく他人行儀にならないよう気を付けて僕は頭を下げた。

「お久しぶりです、ばあちゃん。相変わらず元気そうで……よかった」

「あらまあ！　立派なご挨拶もできるようになったのねぇ」

一層表情を明るくし、ばあちゃんは振り返って奥の事務机の女性と視線を交わした。

二十代半ばぐらいのその女性は微笑ましげに僕を見つつ、ばあちゃんに言葉を向けた。

「お待ちかねのお孫さん、いよいよ上京なさったんですね。ご進学おめでとうございます！」

キラキラした眼差しに戸惑う僕をよそに、ばあちゃんは嬉しそうに返事をする。

「ありがとう。ご紹介するわね。この子はうちの長女の一人息子、明日から晴れて日本学院大学の一年生になる竹本《たけもと》光汰朗。シャイで、ちょっとおとなしめな子なんだけど、どうか可愛がってあげて頂戴ね」

「オーナーのお孫さんで日学生ってことは、やっぱり、芸術学部で舞台関係の勉強をなさるんですか？」

「それがね、保守的な親の勧めでつぶしのきく経済学部を選んじゃったのよ。ね、光ちゃん」

「いや、その……関西でも、関東でも、色々受験したんだけど、受かったのが……」

もごもごと言う僕に構わず、ばあちゃんは機嫌よく続けた。

「でもまぁ、成人してもいない今から将来の方向性を決めることなんて全然ないわよ。いざとなればどうとでもなるんだし。それに、将来の方向性に迷い続けてる大人なんて、この街には山ほどいることだしね」

冗談ぽく言い、ばあちゃんは僕に事務机の女性を紹介する。

「彼女はセンナリ制作部の優秀な二人のアルバイトのうちの一人、毬谷《まりや》まりやさん。とても素敵なお名前でしょ？　芸名とかペンネームじゃなくて正真正銘のご本名なの。ほんと、素晴らしいセンスの親御さんよね」

隣でふっと笑い、おじさんは僕に顔を向けた。

「名前が良いとすぐ気に入る……。ばあちゃんの昔からの悪いクセだな」

「支配人！ それじゃあ私、名前だけの人間みたいじゃないですか」

事務机の女性——毬谷さんは頬を膨らませておじさんに抗議した。

「そうよ薫。そりゃあ名前ももちろん大切だけど、まりやちゃんは鬼の制作部長の下で二年めげずに頑張り続けてこれたんだから、彼女には間違いなく能力も適性もあったのよ。……つまり、私の目に狂いはなかったってこと」

そうよね、まりやちゃん——とばあちゃんが毬谷さんに笑顔を向けたその時、僕たちの背後、事務所の入口側から女性の声が低く響いた。

「誰が鬼なんですって？ オーナー」

振り返ったそこにはセルフレームの眼鏡を掛けた黒いパンツスーツ姿、すらりとした女性が腕を組んで立っていた。女性の隣にはゲジゲジ眉の小柄なお兄さんが恐る恐る皆の顔を見比べるように視線を泳がせ立っている。

「オニ？ あら、私、そんなこと言ったかしら？」

とぼけた表情をおじさんに向け、ばあちゃんは何もなかったかのように続ける。

「さぁ薫、ぼーっと立ってないで、あらためて光ちゃんに和田《わだ》さんを紹介してあげて頂戴。前遊びに来た時に随分可愛がってくれた、とっても優しくって綺麗なお姉さん——光ちゃんは覚えているかしら？」

唐突に話を振られ、おじさんは少し困ったように僕を見た。

「こちら、ザ・センナリの制作部長、和田奈都子《なつこ》さん。あの夏休み、上野や高尾山に一緒に行ってくれた……。もちろん覚えてるよな？」

「あ――」れ？　……この人だっけ？

いかにも仕事ができそうな雰囲気の制作部長の顔を眺め、僕は言葉を失った。

目の前の女の人の顔には、確かに七年前のなっちゃんに似た面影はあったけれど、僕とおじさんの夏休みに付き合ってくれた優しくてもの知りななっちゃんは、もっと柔らかな雰囲気のお姉さんだったような気がする。

二階に入る前、おじさんが「あらかじめ伝えておかなきゃいけない」と言って聞かせてくれたこと――「今ではなっちゃんをなっちゃんと呼ぶと怒られるから、苗字か役職で呼ばないといけない」――そう聞いた時、僕にはその意味がよくわからなかった。けど、たしかに、目の前の凜々しい女性には気安く「なっちゃん」なんて呼べる隙はないように思われた。

黙って立ち続ける僕に呆れたのか、制作部長は寂しげな笑みを浮かべて言った。

「さすがに忘れちゃったわよね。また君と会えるの、私は楽しみにしてたんだけど……」

「あ、いや、もちろん覚えてます。博物館で歴史のこととか、高尾山で仏像のこととか、色々と詳しく、親切に教えてもらって……。あの時は、ありがとうございました」

「あら！　そんなことまで覚えてくれてたの？」

なっちゃんは嬉しそうに笑った。いや、おじさんの忠告を守り、これからは心の中でも「和田さん」と呼ぶべきだろうか。

「光汰朗君も、もう大学生なのね。まさに光陰矢のごとし……よね。あの頃はのんきなバイトだった私も、今じゃすっかり仕事人間になっちゃった」

「制作部長になられたんですね。かっこいいです。これから、またよろしくお願いします……和田さん」

「あ――」なにか言いかけた口を閉じ、和田さんは室内の人たちを見渡すように軽く視線を動かした。そして、再び穏やかに微笑んで言った。

「ありがとう。こちらこそよろしくお願いします。学校が落ち着いて、ちゃんとしたバイト先が決まるまで、ここでバイトしてもいいんじゃない？　最近人手が足りなくてなにかと困ることが多いし。ね？　オーナー」

「そうね。それもいいかもしれないわね。でも、うちはバイトの競争率がとても高い、とっても優秀な人材が集まる職場だから、孫とはいえテストなしで縁故採用をする訳にはいかないわね」

冗談めかしてちらりと僕を見たあと、ばあちゃんは仕切り直すように和田さんに視線を向けた。

「ところで、どうだった？　失せものは見つかったの？」

「いえ、それが……」

困ったように眉をひそめ、和田さんは隣のお兄さんに視線を向ける。

和田さんから引き継ぐようにして、ゲジゲジ眉のお兄さんはあらためて室内の皆の顔を見渡した。

「部長と俺も、劇団の皆と一緒に劇場中を探したんすけど、たしかに、どこにも見当たらなくて……」

見渡す視線が僕にとまり、お兄さんは「あ――」と言って片手を上げた。

「俺、高い競争率を勝ち抜いて採用された優秀なバイト、江本大久《えもとひろひさ》。本業は役者」

八重歯をのぞかせニコリと笑い、お兄さんは早口で付け足した。「――とりあえず自己紹介ってことで。これからよろしくね」

「あ……竹本光汰朗です。よろしくお願いします」

僕たちの挨拶が終わったのを見計らい、ばあちゃんは元の会話に戻った。

「小道具の紛失は残念だけど、とはいえおもちゃの指輪なんでしょ？　とりあえず今日は私の本物の石を貸して差しあげるわよ。本物には本物なりの雰囲気があるから、おもちゃよりも舞台映えするでしょ、きっと」

「いや、それが……」

江本さんは隣の部長に視線を返した。

大きなため息をつき、和田さんは言った。

「それが、すでにそうだったみたいで……。とりあえず、劇団の代表たちの話を聞いてあげてもらえますか？」

和田さんは振り返り、開いたままだった背後のドアの外に目を向けた。タイミングを待っていたように、廊下の陰から特徴的な帽子とコート——一目でシャーロック・ホームズとわかる衣装を着た女性とグレーのスリーピースを着た小太りの男性（ワトソン？）、そして、カーキ色の着物とよれよれの袴を着けた長身の男性（金田一耕助？）の三人が、名探偵風のその格好にはまるで似合わない、むしろ打ちひしがれた依頼人のように暗いムードで登場した。

2

元々自分が座っていた奥のソファーに名探偵たち三人を座らせ、ばあちゃんは薫おじさんと和田さんと三人並んで手前のソファーに座った。毬谷さんは自席から応接セットに椅子の正面を向け、僕と江本さんはばあちゃんたちの背後に並んで立った。

「お話を聞かせてもらう前に、ちょっとお待ちになって頂戴ね」

ホームズたちに声を掛け、ばあちゃんはテーブルに置かれていた携帯電話を手に取った。ボタンを操作し、ケイタイを耳に当てるばあちゃんの落ち着いた動作に全員の視線が集まる。

しばらく沈黙が続いたあと、ばあちゃんはため息をついてケイタイを閉じた。

「出ないわね——」ばあちゃんは振り返って江本さんに訊ねる。

「太郎《たろう》さん、今どこにいるのかしら？」

「さあ。コマは休演日だけど、今日は月末で年度末。あの人もなにかと忙しいんじゃないすかね？」

「相談したいことがある時はいつもこうなんですものね。……まあいいわ。お話、聞かせて下さる？」

ばあちゃんに顔を向けられ、名探偵たちは何から話すか迷うように顔を見合わせた。

誰かが話し始める前に――僕はばあちゃんに声を掛けた。

「あの……僕、ここにいてもいいのかな？　なんなら外に出てるけど……」

「いいえ、一緒にいて頂戴。あらためて皆で失せもの探しをするなら、少しでも人数が多い方がいいでしょ？　それに、もし太郎さんと会ったら詳しい話を伝えられるように、あなたも皆さんのお話をしっかり聞いておいて頂戴」

太郎さんというのが誰なのかまったくわからなかったけど、とりあえず僕は小声で「はい」と答えた。

頷く僕と交代するように、中央に座る金田一耕助風の男性が口を開いた。

「支配人と和田さん、江本君にはいつもお世話になってますが、オーナーさんと他の皆さんははじめまして。私は劇団・江戸前ベイシティーボーイズの代表で、演出をやってる川野辺《かわのべ》誠一《せいいち》。ホームズ役の彼女はうちの看板女優で今回の主演、狭山《さやま》アスカ。そして、隣のワトソンが台本作家の二谷《にたに》英樹《ひでき》です。全員出演者なもんで、こんなふざけた格好で申し訳ありません。……早速ですが、事情をご説明します」

左右に座るホームズとワトソンを軽く見渡し、金田一は続けた。

「我々の格好からもわかるように、今回の芝居は主にシャーロック・ホームズの色々なエピソードをミックスした、名探偵がテーマのパロディーものの新作で……」

「パロディーじゃなくて、オマージュです。原作に敬意を払ったオマージュです」

横から口を挟んだ小太りのワトソンを、金田一は反射的にじろりと睨んだ。

「皆さんに解りやすいように説明してるんだよ。オマージュなんて気取った言葉、伝わりにくいだろ」

「自分が馴染みのない言葉だからって、皆が知らないと思わないでくれるかな」

独り言のようにワトソンはぼそぼそと言った。

金田一は無視して続けた。

「とにかく、今回いくつか盛り込んだホームズの事件の中で、メインになっているのが『青いガーネット』っていう話で、平たく言うと鳥が宝石を……」

「あっ！　ちょっと待って――」ワトソンが再び金田一の話を遮る。

「彼の説明にはコナン・ドイル作『青いガーネット』の微ネタバレが含まれるかと思われます。未読の方は少しの間耳をふさいでいて下さい」

「もう！」女ホームズが苛立った声を上げた。

「芝居の説明とかネタバレとか、そんなことダラダラ話してる暇、今あります？　開場までのあと一時間なんですよ？　舞台裏に準備してた小道具の中から、代表に頼まれて私が貸したアレクサンドライトの指輪が無くなった——盗難事件かもしれないし、そうじゃなかったとしても、アレを見つけないことには芝居を上演することはできない。だから絶対見つけなきゃいけない。それだけで済む説明じゃないですか？」

ホームズに睨まれ、金田一は弱ったように頭を掻いた。

「簡単に言えばまぁそういうことだけど、順を追って説明しないと皆さんに状況をわかってもらえないだろ？　……聞き手に注意を払ってもらうには、まず導入の状況説明が肝心。作家としてもそう思うよな？」

唐突に話を振られたワトソンは冷ややかに応える。

「いや、たしかにアスカの説明で充分だったね。説明で避けるべきは冗長、大袈裟。けど、同じ意味で、アスカの『アレを見つけないことには芝居を上演することはできない』というのも、また、少々大袈裟な表現だったかもしれない」

神妙な面持ちで頷く金田一の隣、女ホームズはあからさまに不機嫌な表情で男たちを睨んだ。

「いいえ。あの指輪を見つけなきゃ、今日も明日以降の上演もありませんから」

「なんでだよ？　とりあえず小道具は何か別のものを用意して……」

「そういう問題じゃありません！」

突然大きくなった女優の声に、部屋中の皆がビクリとした。

これが女優の声の力か——僕は妙に感心した。

噛みしめるような口調で、女優は続けた。

「劇団の要請で貸し出した宝石が誰かに盗まれた——そんな状況の中、共演者の中に窃盗犯がいるかもしれない舞台の上で名探偵役の芝居をするなんて、そんなマヌケなこと、私にできると思います？　あの石が見つかるまで、私はホームズなんて絶対に演《や》りませんから！」

主演女優の降板宣言——演出家と台本作家の表情は徐々に深刻なものに変わってゆく。

静まりかえった事務所。

沈黙を破ったのはばあちゃんだった。

「お話は解ったわ。つまり、失せものを見つけない限り、とにかく話は少しも先に進まないということね。……薫、今日の開場と開演は何時かしら？」

「開場は一時半、開演は二時、だね」

ばあちゃんたちは壁を見上げた。僕もその視線を追う。天井近くに掛けられた時計の針は十二時半を指していた。残り時間は開場まで一時間、開演まで一時間半だ。

「そう。じゃあ急いで探さなきゃだわね——」言いながら立ち上がり、ばあちゃんは僕を見た。

「上京祝いのランチはしばしお預け。到着早々悪いけど、あなたも手伝ってくれるわよね？」

「……はい」

状況に流されるまま僕は頷いた。

＊

楽屋の前の廊下を進み、僕たちはイーストエンド二階の一番奥のエリア、舞台の上手袖へと移動した。

袖から左を見ると舞台の上には赤いペルシャ絨毯、その上に本格的なアンティーク風のデスクと立派なロッキングチェア。出演者たちの悪ふざけっぽい格好とはうらはらに、ホームズの部屋を模したような本格的なセットが組まれていた。

衣装を着けた出演者やTシャツ姿のスタッフ、十人ほどの関係者と思しき人々がそれぞれにセットを動かし、床に這いつくばり、舞台の上の捜索を続けている。

そんな舞台の方ではなく、舞台袖の奥、両開きに開かれた搬入口の前に僕たちは進んだ。搬入口の扉の外にはイーストエンドの裏手にある教会の緑の庭が美しく見えていた。何かの行事の名残りなのか、低い松の枝から折り紙の輪をつないだ飾りの切れ端が一本垂れているのも、なんだか教会の庭っぽいといえば庭っぽい。

イーストエンドは坂道の脇に建っていて、二階の奥は坂の上、隣の教会が建つ地面の高さになっている。搬入時には教会の庭に車を停めさせてもらい、二階の舞台と楽屋に直接荷物を運びこめる便利な構造だ。

小六の夏休み、探検に忍び込んだ劇場……この扉から教会の庭に遊びに出た記憶を懐かしく思い出す僕の隣で、劇団代表の金田一は搬入口のそばに置かれた作業台に手をついて言った。

「この上に小道具を並べてチェックしてから、スタッフたちはそれぞれの持ち場につきました。出演者もメイクや衣装の準備のために皆楽屋に入りました。三十分ほど経って楽屋から戻ってみると、そこにある鳥型の物入れの蓋が開いていて、おや？　と思って確認すると、中に入っていた宝石がケースごとなくなっていたんです」

代表が視線で示した先にはずんぐりとしたニワトリ型、上半分が蓋になった陶製の入れ物があった。彼の言う通り蓋は開けられた状態で、ボウルの様な下半分とニワトリの上半分の蓋がきちんと並べて置かれていた。テーブルの上にはその他にもパイプやおもちゃのバイオリン、ナポレオンの胸像、そして釣鐘型の風鈴など、小道具らしきものがごちゃごちゃと並んでいる。

上下二つに分断されたニワトリを眺め、ばあちゃんは言った。

「鳥が宝石を呑んだ話……だからニワトリ型の器を使っているという訳ね。じゃあ、もしかしてケースっていうのは……」

「はい。玉子型のカプセルケースです」

「そう。バカバカしいけどセンナリのお芝居らしくて面白いわね。……でもあのお話って、クリスマスの七面鳥だかガチョウだかが宝石を呑む話じゃなかったかしら？」

「あっ！　ネタバレ……」

声を上げた台本作家を、和田さんがイラついた様子で睨んだ。

「あのね、ネタバレっていうのはミステリーの真相にかかわる情報のことを言うの。ガチョウのお腹から宝石が出てきたっていうのは、あらすじにも書かれる程度の物語の導入部分で、ネタバレでもなんでもないのよ。あなた、それでも本当に作家？」

きつい言葉にたじろぐ台本作家に、ホームズ姿の主演女優が追い打ちをかける。

「そうですよ。二谷さんがイースターの時期にクリスマスの話なんて書いたからこんなことになったんですよ。イエス様の罰《ばち》が当たったのか、コナン・ドイルに祟られたのか……」

「ドイルの祟りって……。確かに彼は心霊マニアだけど、東洋の小劇場にまでわざわざ祟って出てきたりしないでしょ。けど、むしろ罰や祟りの理由というなら――」

台本作家は袴姿の代表をじろりと睨む。

「ウエストエンドでも通用するような本格的なストレートプレイの台本を、ホームズ役を女性にしたり、警部役を金田一耕助の格好にしたり、メチャクチャな演出を付けた演出家にこそあると思うね」

「なんだと？　なにがウエストエンドだ！　ここはイーストエンドなんだよ！　お客さんはお高くとまった演劇よりも小劇場の熱気とライブ感を楽しみに来てくれるんだよ。

……それに、そもそも『青いガーネット』って一体何なんだよ？　ガーネットって赤い石だろ？　調べてみたけど青いガーネットなんて現実には存在しないそうじゃないか。青なのか赤なのか、意味がわかんなかったからアスカに相談して、赤にも青にも見えるっていう珍しい石を貸してもらって、それでこんなことに――」

始まりかけた言い争いをばあちゃんが制止した。

「はいはい。今はそんなこと言いあってる場合じゃないでしょ？　……一つお尋ねするけど、搬入口のドアはずっと開けっ放しだったのかしら？」

作家との睨み合いをやめ、演出家は不満の残った口調で答えた。

「はい。外からの光で作業がしやすかったし、今も、閉めると暗くて捜索しにくいんで……」

「そう」

頷くばあちゃんに、主演女優が心配そうに尋ねる。

「ここから楽屋泥棒が忍び込んだような事件って、今まで起きたことありますか？　部外者が犯人だったら、指輪が戻ってくる可能性、低いですよね……」

「いいえ、外から忍び込んできた楽屋泥棒なんて今まで一人もいなかったわよ。楽屋ドロは大抵内部の犯行ね。それに、いくら自由に出入りできる教会のお庭とはいえ、わざわざここまで入ってきて、高価なものがあるとは到底思えない小道具の中からピンポイントで宝石を盗んで行くなんて、ちょっと考えにくいんじゃないかしらね」

した。

「じゃあ、やっぱり犯人はこの中に……」

女ホームズは憎々しげに周りの人々、そして、舞台の上で捜索中の劇団員たちを見渡

作家、演出家、女優、それぞれが互いに不信感をつのらせている。この劇団、本当に大丈夫なんだろうか？　――僕は余計な心配をしてしまう。

「まぁまぁ――」なだめるような笑顔で周囲を見回し、ばあちゃんはホームズに言った。

「今から私たちも一緒に探してみるけど、その指輪のお値段って、ちなみにいかほどなのかしらね？」

「……」

しばらく黙って、主演女優は小さな声で答えた。

「六十万円です」

「六十万！　お前、そんな大金……なんで指輪なんかに――」

反射的に口走った演出家に、女優は前にも増して迫力のある声で反撃した。

「あなたには関係ないでしょ！　甲斐性のない彼氏が買ってくれる訳でもなし、ポンと買えるギャラが出る訳でもなし、三年ローンで買った、私にとってあなたなんかよりもよっぽど大切なお守りの指輪だったのよ！　それを、あなたが手を合わせて頼むから貸してあげたのに、こんなことになっちゃって……。もし見つからなかったら、私、絶対にあなたを許さないから！」

小さな劇場中にその声は響き渡った。僕たちのみならず、舞台の上の劇団員たちも全員、探す手を止め女優の顔を見上げている。

これは、まるで痴話喧嘩のような――。

あ……。

そういうことか……。

鈍い僕にでもわかった。劇団員の皆もわかったようだった。呆れた様な、軽蔑するような人々の視線を受けて狼狽する演出家の表情から、二人の関係は今まで公然でもなく、公然の秘密でもなく、完全に秘密だったのであろうことまでもわかった。

重なるピンチに、演出家は言葉も顔色も完全に失ってしまっている。

「私の大切な指輪が見つからなければ全部おしまい。わかったでしょ？　私の言うことはちっとも大袈裟なんかじゃありませんから！」

作家を睨み、演出家を無視し、主演女優は堂々とした足取りで劇場の外、教会の庭へと退場した。

3

イーストエンドの人々も加わった劇場の大捜索が本格的に始まった。

まず、ばあちゃんがにこやかに「小さなものだから、何かの拍子に紛れ込んじゃった可能性もあるわ。念のため皆さんの荷物の整理と確認をしましょう」と口火を切った。

ばあちゃんと毬谷さんが女性楽屋に、薫おじさんと和田さんが男性楽屋に入った。

劇場主としてのばあちゃんのしっかりとした振る舞いに、僕はなんだか感動した。自分からは言い出しにくい荷物検査の仕切りを期待して、劇団の代表たちはばあちゃんに事件の相談をしたのかもしれない。


みんなが楽屋に入っている間、客席に残った僕と江本さんは二人で床や椅子の下を探し続けた。

「……なんかアレっぽいよね。アレ」

階段状になった客席、何段か上の通路で身を低くする江本さんがつぶやいた。

「なんですか？」

「隠した卵を探すゲームだよ。イースターのエッグ・ハント……とかいうんだっけ？」

イースターというのは、たしか卵に絵を描くキリスト教のお祭りだったような気がするけれど、そんな宝探しゲームのようなこともするのだろうか？

返事に困った僕はとりあえず応える。

「じゃあ、誰かがそのゲームのつもりで卵を隠しちゃったとか……ですかね？」

「いやいやいや――」小刻みに首を振り、江本さんは僕のいる列まで降りて来る。

呆れた欧米人のようなポーズを作り、江本さんは言った。

「大《だい》の大人が宝石を盗んでおいて、さすがにそれでは通らないっしょ。それに、イースターってたしか四月だったはずだから、三月の今そんな言い訳通用しない。百パーセント楽屋泥棒だよね、きっと。……だから、落し物みたいにこうやって劇場中を探しても、なーんの意味もない」

客席の椅子にすとんと腰を落とし、江本さんは「光汰朗君も座りなよ」と言った。

「はぁ……」

座った僕をちらりと見て、江本さんは肩をすくめた。

「楽屋泥棒、メンバーの不仲、痴情のもつれ……正直、この劇団はダメ劇団のトリプル役満。目も当てられない状況だよね。でも、ザ・センナリの公演である以上、今回ばかりは穴を開けられちゃ困る。うちの信用にもかかわるからね。……けど、ちょっとおかしいと思わない？」

「何がですか？」

「楽屋泥棒って、足がつきにくい現金を狙うんだよね、普通。……まぁ、百歩譲って小さくて高価な宝石に目がくらんだんだとしても、開演前に小道具がなくなったら騒ぎになるのはわかりきったことじゃん？　だから、この楽屋泥棒の目的は盗みそのものじゃなくって、騒ぎを起こして上演を潰すためだった——そんな気がしなくもないんだよね」

「でも、どうして……」

「それは、誰が犯人なのかによって変わってくると思うけどさ、たとえば――」

正面に顔を向け、江本さんは無人の舞台を眺めた。

「ワトソンの台本作家が犯人だったとしたら、自分の本が無茶苦茶に演出されるのがやっぱり耐えられなくなったから。ホームズのお姉ちゃんが犯人だったとしたら、主役を張るのが急に怖くなって自作自演で騒ぎを起こした――ってとこ？　金田一の代表は……公演中止になった時の責任の重さを考えれば、わざわざこんなことをする動機なんてなさそうだけど……」

再び江本さんは僕に顔を向ける。

「まぁ、他にも主演の座を奪われた女優だとか、ホームズ姉ちゃんの元カレだとか、劇団の内情を探れば容疑者は色々出てくるかもしれないね。けど、楽屋での身体検査が終わるまで聞き込みはムリ、身体検査が終わった後は多分もう時間がない……。悔しいけど、今俺たちに出来ることは何もないんだよね」

あーあ――とつまらなそうに言い、江本さんは天井を見上げた。

なんとなく僕も上を見上げた。天井には色々な照明設備が吊り下がっている。

「でも、そんな目的の楽屋泥棒だったとして、犯人は自分の荷物の中に盗品を保管したりしますかね？」

「たしかに、さすがにそんな馬鹿なことはしないよね。だから、楽屋の誰かの荷物から出てきたとしたら、それはまた、誰かが誰かに罪を着せるための策略で……って、話がどんどんややこしくなっていくな……」

「でも、とりあえず宝石が出てきたら、犯人捜しは後まわしにして今日の上演はできますよね？」

「ホームズ姉ちゃんの自作自演だった場合を除けば、とりあえずそうなるだろうね」

「もし犯人が誰かに罪をなすり付けるための工作なんてしてなくて、宝石をどこかに隠していたとしたら……。やっぱり宝石を見つけることが、舞台に穴を開けないことに直結するんじゃないですかね？　だからやっぱり、僕らの宝石探しにはそれなりに意味があるんじゃないですかね？」

「へぇー」天井から僕に視線を戻し、江本さんはニヤリと笑った。

「さすが、明日から日学生なだけあって、光汰朗君はそれなりに頭いいね。……でも、劇場内は多分もう探し尽くしたはずだよ？」

「劇場の外……はどうですかね」

「外？　搬入口の外とか、道路側の通用口、その外のごみ置き場とか、一応皆で一通り探したけど、それらしきものはなかったはずだよ？」

「今も使われてるかどうかわからないんですけど、たしかもう一か所外に出る階段がありましたよね？　一階の横丁に出られる」

「ああ、下手側の通用口ね。小道具があった上手袖から遠く離れてるから、たしかにみんなあんまり気にしてなかったみたいだけど……」

「そこから外に出て、横丁のどこかに隠した。あるいは、共犯者に渡した――。そんな可能性はありませんかね？」

「なるほど。それ、あるかもしれないな……」

輝く瞳で僕を見つめ、江本さんは大声で言った。

「降りてみようか、センナリ横丁」

＊

楽屋が並んだ上手側の通路と違って、下手側の舞台脇はその先に階段があるだけの、狭くてあまり使い勝手の良くなさそうな、舞台裏よりも一層薄暗い短い通路だった。

通路、階段と念入りに探しながら進み、僕と江本さんは階段下のセンナリ横丁、袋小路の突き当りに出た。

通用口の鍵は開いていた。江本さんによると、搬入時は舞台裏と一階の受付との行き来のため、このドアが開いているのは普通のことらしい。

「……けど、ここが開いてるってことは、やっぱり犯人も出入り自由な状態だったったってことだよなぁ」

昼下がりの光が差し込む無人のセンナリ横丁を見渡し、江本さんはつぶやく。

袋小路の奥、僕も横丁の景色を見渡す。

バーやスナックといった横丁のお店はまだ営業時間前のようで、ドアは閉まり、ほとんど人の気配はなかった。ただ一軒、ザ・センナリの向かいの棟、横丁の一番奥の「バー黒蜥蜴《くろとかげ》」だけドアが開き、明りがついた小窓の中に人の動く気配が感じられた。

江本さんは横丁の物陰や植木鉢の中を探し始めた。僕も少し離れた場所を探してみる。大通りからはごちゃごちゃして見えた横丁の奥も、実際は置き看板と多少の植木が置かれている程度。何か隠せそうな場所はほとんどなく、数分も経たずに僕と江本さんは互いに顔を見合わせることになった。

「中身がなくても、せめてケースだけでも見つかれば犯人の足取りがはっきりするんだけどな……」

「卵らしきもの、どこにも見当たりませんね……」

「外に隠したんじゃなく、外で共犯者に預けたパターンなのかもね。目撃情報がないか、ちょっと聞き込みをしてみるか……」

「誰にですか？」

「頼りになる人が、幸運にも今日はもう出勤してるみたいなんだよね」

江本さんは横丁の奥の店に視線を向けた。

「あら、ダイク君。まだ営業前なんだけど……。何かご用かしら？」

カウンターの中には年齢不詳、観音様の様に貫禄ある綺麗な女性が煙草を片手に立っていた。

「ども。仕込み中にすいません、マダム」

頭を掻くような仕草を作りつつ、江本さんはひょこひょこと店内に入る。

マダムの前まで進み、江本さんは入口に立ち尽くす僕の方を振り返った。

「あ、ダイクってのは俺のあだ名ね。江本大久。大きいに久しいと書いてヒロヒサ。つまりダイク。センナリの大工仕事も俺が担当してるから、まぁ、名は体を表すって感じ？　……光汰朗君もそんなところに突っ立ってないで入っておいでよ」

「あ……はい。お邪魔します」

隣に立った僕を、江本さんはマダムに紹介してくれる。

「オーナーか支配人から改めて話があると思いますけど、こちら、オーナーのお孫さんの竹本光汰朗君。明日から日学生になるそうで、進学のため上京、俺のバイトの後輩になるかもしれない前途有望な若者です」

「あら、じゃあ景子《けいこ》ちゃんの息子さん？」マダムはおだやかな微笑みを浮かべた。「初めて景子ちゃんと会ったのも彼女が高校生ぐらいの頃だったけど、息子さんもうこんな歳になったのね。……はじめまして。長年ここでお店をやらせてもらってる黒蜥蜴の店主、戸川蘭子《とがわらんこ》です。どうぞよろしく」

煙草を灰皿に置き、マダムは握手の手を差し伸べてくれた。

「竹本光汰朗です。よろしくお願いします」

高校時代の母さんを知っているという情報はヒントになるどころか、マダムの年齢をますます不詳にした。けど、この人は年齢がわからないままでいい人なのだろう。きっと。

握手を終え、マダムはカウンターの中で何やら作業を始めた。

「……景子ちゃんの息子さんってことは頭も良いだろうから、きっと現役生で未成年よね？ お顔繋ぎの一杯は黒蜥蜴の特製ジンジャーエールでいいかしら？ それとも他のものを？」

「あ、いえ、おかまいなく……」

「イーストエンドへのウェルカムドリンクなんだから遠慮しないで。でも成人したら、是非うちをご贔屓にして頂戴ね」

けど、捜索の途中だし――僕は江本さんの顔色をうかがう。

「せっかくだからご馳走になりなよ」

「じゃあ……。ありがとうございます」

「で、あなたたち、何を探しているの？」

甲斐甲斐しく手を動かしながら、マダムは江本さんに言葉を向けた。

「上で無くなった小道具の指輪を探してるんですけど……。なんでわかるんですか？」

ふっと笑い、マダムは店の入口の方に視線を向けた。

「通用口から出てきてあなたたちが路地で色々探してるの、窓から丸見えだったわよ。

それに、ドアさえ開いていれば横丁のことはなんでもお見通しなのよ」

僕と江本さんはドアに目を向けた。外に向かって開かれたドアの内側は鏡になってい て、横丁の入り口までの景色が遮るものなく映っていた。

「な？　頼りになるだろ？」自慢気に僕に言い、江本さんはマダムに向き直る。

「三十分から一時間ほど前、あの通用口から出てきて怪しい動きをしてる奴を見ませんでした？」

「三十分から一時間ほど前？」

考えるそぶりを見せながら、マダムはグラスの中でマドラーをくるくると回す。

「……人の出入りはほとんどなかったけど、一人だけ、着物姿の男が上から降りて来てたわね」

「袴をはいた、金田一耕助みたいな奴ですか？」

「そうそう。たしかに金田一耕助みたいだったわね。あのドアから出てきて受付部屋に入って、受付の女の子と一緒に劇場に戻って行ったようだったけど……」

はい、どうぞ――とマダムが僕にグラスを差し出してくれたのと同時に、江本さんは「受付部屋か！」と声を上げた。

大声に驚く僕とマダムの顔を交互に見比べ、江本さんは興奮気味に言った。

「あそこは狭い小部屋だけど、文具棚とかチラシフォルダとか、ものを隠すには好都合かもしれないな……。ちょっと、見てくるわ！」

勢いよく駆け出した江本さんはドアの前で立ち止まり、グラスを手に立ちつくす僕を振り返った。

「一人で探すのが丁度くらいの狭さだから俺に任せて、光太朗君はゆっくりジンジャーエールでも飲んでてよ！」

「あ――」僕とマダムはそれぞれ声を上げたが、江本さんはそのまま横丁に飛び出してしまった。

呆然と入口を眺める僕に、マダムは「やれやれ――」と言って顔を向けた。

「私が見た感じでは、受付の子をただ呼びに行っただけじゃないかと思うんだけど……って言う前に出て行っちゃったわね。相変わらずせっかちな子なんだから」

「僕、どうしたらいいですかね？」

「まずはジンジャーエールを飲めばいいんじゃないかしら？　……そして、ダイク君とは別の場所を探すべきでしょうね」

なんとなく含みのある言い方に、僕はマダムをじっと見つめた。

しばらく黙って僕を見返し、マダムはニヤリと笑った。

「受付部屋なんかよりも、よっぽど探し物が見つかりそうな部屋があるのよね――」

マダムは煙草を挟んだ指先を小窓の外にゆっくりと向ける。その示す先を僕は目でたどる。

通用口の陰。

他とは違って店舗に改造されていない、アパートの部屋のままのドアが一つ、そこにはひっそり隠れていた。

4

本物の生姜入り、甘くて辛い、人生初の本格的なジンジャーエールを飲み終えて、僕は黒蜥蜴を出てそのドアの前に立った。

なぜここで探し物が見つかりそうなのか？——いくら尋ねても、マダムははっきり答えてくれなかった。

怪しい誰かが入っていくのを見たのだろうか？

それとも第六感的な何か……とか？

考えながら、僕はドアノブを回す。鍵は掛かっていなかった。

静かに、僕はドアを開けた。

ドア横の摺りガラスの窓から差し込む青味がかった光を頼りに、薄暗い室内に僕は目を凝らした。中はイーストエンドの原型と思《おぼ》しき居住用アパートの一室——目の前の部屋は、どうやら玄関直結のキッチンのようだ。六畳ぐらいの広さだろうか？……きっとそれぐらいだと思うけど、なんだか妙に広く感じる。その理由を探ろうと、僕は一層目を凝らした。部屋の中央には四人掛けのダイニングテーブルセット。その奥、右に二枚の引き戸、柱を挟んでその左には一枚の引き戸。間取りは2Kだろうか？

「お邪魔します……」

申し訳程度の小声で言い、僕は玄関の土間に上った。

玄関の左手、窓際の流し台に洗い物や食品はなく、部屋のどこにも冷蔵庫や食器棚らしきものは見当たらない。その代わり、壁面にはびっしり本が詰まった本棚と、棚に収まりきらなかったのであろう本がその前にいくつかタワーを作っていた。物がないわけではないけど、普通キッチンにあるものがなく、ないものがある——どうやらそれが、この部屋を妙に広く感じさせる理由のようだ。

生活感のないキッチンは、この部屋で今も誰か暮らしているのか、それとも放置された空室なのか、絶妙なラインで判断がつかない。

「……お邪魔しまーす」

さっきよりも少し大きめの声で言って靴を脱ぎ、恐る恐る僕は部屋の中に入った。

この部屋の正体の手掛かりになりそうなもの——どんな本が並んでいるのかを確認しようと本棚に近づいたその時、僕の視界の端にそれどころではない重要なものが映った。

「あっ！」

思わず声を上げ、僕の目は部屋中央のテーブルの上に釘付けになる。

そこには小振りな金属の籠が一つ、そして、その中には十個ほどのたまごが入っていた。

マダムの言う通り、この部屋に入ってすぐに探し物は見つかってしまった――。籠の中を確認しようと僕がテーブルに近づいたその時、ズズと引き戸が開く音がした。

ハッとして、僕は音の方に顔を向けた。

開いた左側の引き戸の向こうにはすらりとしたジャージ姿、金色の髪が肩に掛かった長身の男性が一人立っていた。

「す、すいません……」

焦る僕を、その人は寝起きなのかただぼんやりと眺めている。

緩やかにウェーブする長い金髪、薄暗い部屋でほんのり白く輝いて見える肌、やや面長のすっきりとした顔立ち――男性はどうやら外国人のようだ。

「……」

受験を終え、頭の中から英語をすっかり追い出してしまっていた僕はますます焦って言葉を失う。

寝起きの頭が働き出したのか、その人は何かを思い出したかのように「ああ」と言った。

「早かったな。まぁ、そこに座ってくれ」

え？　――その人が発したのが違和感のない日本語だったこと、そして、まるで僕が来るのをわかっていたかのような言い方に僕は二重で驚いた。

戸惑う僕に構うことなく、その人はのそのそとキッチンに出てきて僕の正面、ダイニングチェアに腰を下ろした。そして、僕を見上げて向かいの椅子を勧めた。

「さあ、どうぞ。履歴書は持ってきた？」

「え？　あの……」

話がよくわからない。けど、状況を説明するため、僕はとりあえず椅子に腰を下ろした。

「で、履歴書は？」

「いや、僕は……その」

「そうかそうか。別にいいさ、履歴書なんて――」

テーブルに頰づえをつき、その人はじっと僕の目を見つめた。

「俺が興味があるのは君の過去じゃない。今の君、そして未来の君だ。支配人の俺と助手の君、一緒にセンナリ・コマ劇場をどう運営していくか？　俺の関心はただそれだけさ。……だが、名前もわからないままじゃ話にならない。まずはこれに名前を書いてくれ」

言いながら、その人はダイニングテーブルの腹の部分の抽斗からノートとペンを取り出した。ちっとも気付かなかったけど、このテーブルはどうやら大きなデスクのような作りになっているらしい。

多分この人は僕を面接に来た誰かと勘違いしているのだ。そして、この人はどうやらイーストエンドの小さい方の劇場、センナリ・コマ劇場の支配人のようだった。ザ・センナリの支配人の薫おじさんよりも随分若く、海外の映画スターのような外見という著しい違和感はともかく、この人もイーストエンドの一員だとわかって僕は安心した。

イーストエンドの人ならば、いずれにせよ自己紹介はしないといけない。

とりあえず、僕は言われた通り手渡されたノートに名前を書いて返した。

「……竹本光汰朗君か。いい名前だな。俺と相性が良さそうだ。俺はウィリアム近松《ちかまつ》。不思議に思ってるだろうから先に言っておくが、見ての通りイギリスと日本のハーフだ。よろしく」

「はじめまして。近松……さん、あの、僕、実は面接じゃなくて……」

籠の中のたまごを気にする僕の視線に気付き、近松さんは言った。

「ん？　なんだ？　腹でも減ってるのか？」

「いいえ、違うんです。僕、たまごを探してるんです」

「ん？」近松さんは大きく首をかしげた。

「助手のたまごを探しているのは、俺の方だと思うんだが？」

＊

「……なんだ、成子さんの孫だったのか」

自己紹介と事情を話し終えた僕を近松さんは「ハッハッハ」と華やかに笑って眺めた。

「上京早々、厄介ごとに巻き込まれて気の毒なことだ。昼飯もまだなら腹も減ったろう。まぁ食べるがいい」

籠の中のたまごを一つ取り、近松さんは僕にポンと放り投げた。

「わわわわわ――」

落とさないよう、僕は焦ってキャッチする。

「安心しろ。ゆで卵だ」

言いながら近松さんはテーブルの抽斗から小皿と塩の瓶を出してくれた。その抽斗には何でも入っているようだ。

受け取った卵を両掌で包み、僕は「そんなことよりも――」と話題を戻す。

「早く指輪を見つけてあげなきゃいけないんです。……その籠の中にたまご型のケースが混ざってないか、調べさせてもらってもいいですか？」

「別に構わないが、多分そんなところに指輪なんてないぞ」

気だるそうに頬づえをつく近松さんの目の前で、僕は籠の中のたまごを一つ一つ検めた。しかし近松さんの言う通り、卵は全部ただの卵だった。

「見つけたと思ったのにな……。でも、調理器具なんかなさそうな部屋なのに、なんで卵だけこんなにあるんですか？」

「コンビニ飯だけじゃさみしいだろ？　コンビニ総菜がおかず、ゆで卵が俺の主食だ」

「へぇ……」早く捜索に戻りたいのに、どうでもいいことを聞いてしまった。

「お邪魔しました。じゃあ、そろそろ指輪探しに戻らなきゃいけないんで……」

「その必要はない」

「はい？」

「ちょっと失礼――」近松さんは立ち上がって壁際へと進んだ。壁に掛けられたカレンダーの前で近松さんは立ち止まる。

楕円から円、円から楕円へと変化する月の満ち欠けのイラストと日付だけでデザインされたカレンダーをしばらく眺め、近松さんは元の椅子に戻った。

「間違いない。俺がすぐに見つけてやろう」

「は？」

カレンダーを眺めて探し物を見つけるなんて、この人は占星術師か何かなのか？

呆然とする僕に構わず、近松さんはポケットからケイタイを取り出す。その画面を見て「あっ、着信。……まぁいいか」とつぶやき、どこかに発信した電話を近松さんは耳に当てた。

しばらくして、近松さんはにこやかな笑顔、流暢な発音で「ハロゥ」と言い、電話の相手と英語で話し始めた。

イギリスとのハーフと言っていたからクィーンズ・イングリッシュというものなのだろうか。抑揚が大きくてカクカクとした近松さんの発音を、受験用のヒアリング例文に慣れた僕の耳はまったく聞き取ることができなかった。聞き取れたのは最初の「ハロゥ」と、何度か会話に出てきた「エッグ」という単語だけ。

けどしかし、カレンダーを見て外国（？）に電話を掛けて、それで本当にイーストエンドの舞台裏から消えた指輪が見つかるというのか？

通話を終えたケイタイをテーブルの端に置き、近松さんは「よし」と言って頷く。

「これで開演までには戻ってくるだろう。……だが、今すぐというわけにはいかない。まぁ、それまでお喋りでもして待とうじゃないか」

「ちょっと待って下さい。今の電話で、本当に指輪が戻るんですか？」

「ああ。まず間違いない。戻らないと考えるべき理由は何一つない」

「それ、どういうことなんでしょう？……詳しく教えて下さい」

「お喋りでもして待とうと言っているのに、すぐに答えを求めようとするのは無粋だぞ、少年」

ふぁ――とあくびをし、近松さんは腕を上げて伸びをした。

僕は食い下がった。

「でも、電話一本で消えた指輪が見つかるなんて、さすがにちょっと信じられないですよ。シャーロック・ホームズでもあるまいし」

「ほう。俺の言葉が信じられないと？」

「いや、そういう訳では……」

初対面なのにちょっと失礼だったかな? ——言葉を詰まらせる僕に、近松さんは愉快そうに言った。

「いいだろう。俺の言葉が信ずるに足るものかどうか確かめるため、一つゲームをしようじゃないか」

「ゲーム、ですか?」

「君が何か謎を提示する。なぞなぞでもいい、実際に疑問に思っていることでもいい。俺がそれに何らかの答えを返す。君がその答えに納得できたなら俺の勝ち。納得できなければ俺の負けだ。もし俺が負けたら、四の五の言わずイーストエンドの隅々まで指輪探しを手伝ってやろう」

「……僕が負けたら?」

「何か一つ俺の言うことを聞いてもらおうか。別に大したことを求めるつもりはないが」

「どんな謎でもいいんですか?」

「ああ。ただし『指輪の所在をどうやって推理したのか?』なんていうズルい質問はナシだ。指輪が戻った後、それはちゃんと説明する。まぁ、それほど大した話でもないんだが」

「……」

大風呂敷を広げているだけかもしれないけれど、指輪を見つけたと言っている人の言葉を無下にする訳にもいかない。でも、できれば早く捜索に戻ってあげたい。近松さんには悪いけれど、とびきりの難問で打ち負かして指輪探しを手伝ってもらうのがきっと最善の策だろう。

「じゃあ、せっかくなんでシャーロック・ホームズ関係の謎でもいいですか？」

「ああ、ホームズなら一通り読んではいるぞ。『青いガーネット』の替わりにアレクサンドライトを使う演出家よりも、ホームズについて少しは解っているつもりだ」

「僕が聞きたいのは、まさにそのことなんです」

「なんだ？」

近松さんの目を、僕は真っ直ぐに見つめた。

「ガーネットって赤い石のはずですよね？　青色のガーネットは現実には存在しないそうです。じゃあ、『青いガーネット』って、一体何なんでしょうか？」

5

「なかなか良いところを攻めてきたな。本気で俺を負かして捜索を手伝わせようと思っているだろ？」

「いや……そんなことは、ありません、よ？」

図星を突かれて焦る僕を、近松さんは楽しそうに睨んだ。

『青いガーネット』『青い紅玉』……いずれの邦題にせよ、モノと色の関係に絶対的な矛盾が生じてしまっている。原題では『ザ・ブルー・カーバンクル』。きっと多くの読者が奇妙なタイトルだと思いながら、よくわからないままスルーしている問題だろう。俺自身もそうだった。この際、この謎に正面から挑んでみるとしよう」

「あ、でも近松さん……」

「わかっている。あまり時間をかけるなと言うんだろ？　俺もそんなに時間を使うつもりはない。せいぜい指輪が戻るまで……上の開場時間までには決着してやろう」

テーブルに置いた携帯電話のボタンを押し、近松さんは画面に時間を表示させた。現在時刻は一時十三分——開場の一時半まで十七分。そのタイムロスは痛いけど、開演の二時までの最後の三十分、近松さんにも真剣に捜索に加わってもらえば多分そのロス分は取り戻せるだろう。

「わかりました。じゃあタイムリミットは一時半までということでお願いします」

「よし」

近松さんは立ち上がり、壁際の本棚に進んだ。それほど時間もかけず、近松さんは二冊の大判本を手に席に戻った。『シャーロック・ホームズ大全』と『宝石辞典』。二冊がドンとテーブルの上に置かれた。

『シャーロック・ホームズ大全』の目次のページを開き、近松さんは言った。

「これはホームズの全作品が納められた良書だが、字が小さくて読みにくいのが弱点だ。

「……竹本君、天井の電気を点けてくれないか？」

ちらりと上を見る近松さんの目配せに従い、僕はテーブルの上のペンダントランプのチェーンを引っ張る。厚い布製のランプシェードは光を絞り、まるでスポットライトのように真下のテーブルを照らした。

目次から目当てのページに移動し、近松さんは文字を目で追いながら言った。

「まずは邦題の問題だ。この本では『青い紅玉』となっている。俺が馴染みがあるのもこのタイトルだな。最近は『青いガーネット』とされている場合も多い。『紅玉』も『ガーネット』も、もちろんどちらもブルー・カーバンクルの『カーバンクル』を訳したものだ。たしかにカーバンクルにはガーネットという意味もあるが、研磨技術がまだ未発達だった頃、カボションカットを施した赤い宝石全般を指す言葉でもあった――まず、これが大前提の知識だ」

「カボションカット、ですか？」

「多面体ではなく、表面をたまご型に丸く研磨するカット技法のことだな――」言いながら近松さんは僕の手のゆで卵を見た。

「食べないのか？」

「あ、いや……この件が終わったらいただきます」

「そうか。好きにすればいい」

本に視線を戻し、近松さんは続けた。

「現代ではカボションはキャッツアイやスター・ルビー、インクルージョンの反射光を表面に映したい石に主に用いるカットだ。インクルージョン……わかるか？　鉱物が生成される時に中に含んだ含有物、不純物のことだ。ルビーにスターの模様を作るインクルージョン『ルチル』は60度、120度で交差して結合する性質がある。だからスター・ルビーは六条に光を反射して、星形の光を丸い石の表面に浮かび上がらせる」

「近松さん……」

「なんだ？」

「なんでそんなに詳しいんですか？」

「なに、全部そこに書かれていることだ」

テーブルの上の『宝石辞典』に目配せし、近松さんは僕の目を見た。

「劇場の人間が劇団と一緒に舞台を制作する時、客観的なアドバイスをするためにはそれ相応の知識が必要となる。知識がなくてもものは作れるが、しかし知識がなければ創作物の善し悪しの判断はできない。つまり、今この世に在る以上のものを作ることはできないということだ。だから俺は本を大事にしている。だが、しかし……」

一拍置いて、近松さんは続けた。

「中途半端な知識はかえって判断を誤らせることもある。俺にとって、この『青い紅玉』がまさにそれだった。初めてこの本を読んだ頃、俺は中途半端な宝石の知識しか持ち合わせていなかった。だから一つの思い込みに陥ってしまった。……竹本君、ルビーとサファイアが同じ鉱物だということは知っているか？」

「はい……。なんとなく」

「コランダムという同じ鉱物が、光を吸収する微量成分としてクロムを含めば青い光を吸収して赤いルビーとなり、チタンを含めば赤い光を吸収して青いサファイアとなる。そのコランダムは和名を『鋼玉』という。鋼《はがね》の玉と書く。字の通りダイヤモンドに次ぐ硬度をもつ石だ。宝石についての知識が中途半端だった頃の俺は『青い紅玉』の『コウギョク』をコランダムの『鋼玉』のイメージでぼんやり認識してしまっていた。だから俺は、この小説のタイトルは『青いコランダム』すなわち『サファイア』を意味するものだと思い込んでいた——」

「ちょっと待って下さい……。宝石について中途半端な知識しかなかった頃って、一体いつの話ですか？」

「ジュニア向けのホームズで『青い紅玉』を初めて読んだ頃だから、多分十歳ぐらいだったろうな」

「はあ……」

何者なんだ、この人は——。

呆然とする僕からホームズ大全に視線を戻し、近松さんは文字を目で追いながら続けた。

「しかし、作者があえて『カーバンクル』と書く以上、それは青いコランダム——ただのサファイアであるはずがない。だから俺たちはこの小説の中で、作者がこの宝石をどう描写しているかを確認し、それを元に考えを進めていく必要がある。それが思考のマナーというものだ。……あったぞ。読み上げるからしっかり聞くように」

近松さんはホームズ大全を抱えるように持ち上げた。

「まず石が最初に登場する場面はこうだ……『ピータースンが片手を差し出すと、その手のひらのまん中で青い石がきらきら輝いていた。それはソラ豆より少し小さいぐらいの大きさだったが、素晴らしく純粋な光を放ち、暗い手のくぼみの中で雷光のようにきらめいていた』――そしてその石について、ホームズはこんな風に言っている」

ほんの少し芝居がかった口調で、近松さんはホームズの台詞を読み上げる。

「『この宝石の歴史はまだ二十年にもならない。中国南部の厦門《アモイ》川のほとりで発見されたもので、色がルビーの赤でなく青であること以外は紅玉の特徴をことごとく備えているという珍しさで有名になった。その歴史はまだ浅いにも関わらず、早くも不吉な影に覆われているのだ。このわずか四十グレインの炭素の結晶のために、殺人が二回、硫酸を浴びせた事件と自殺が一回ずつ、それに窃盗事件が数回ひき起こされている』……なるほど」

本をテーブルに戻し、近松さんは考え込むように細長い指を顎に添えた。そして、部屋全体を見渡すかのように黒目をゆっくりと回転させた。

近松さんは髪の色は金だけど、瞳の色は黒だ――眺める僕はぼんやりと思う。

しばらくして僕に視線を向け、近松さんは小さく頷いた。

「たしかに、ここから一つの石を特定するのは難しい。いや、不可能と言ってもいいだろう」

「え？ 降参ですか？ あんなに自信満々だったのに？」

意外な言葉に、僕は思わず声を上げてしまった。

近松さんは小さく首を左右に振った。

「そうじゃない。ここには異なる石の特徴がミックスして描かれているんだ」

「異なる石をミックス？」

「うむ――」近松さんは頷く。

「『わずか四十グレインの炭素の結晶』……竹本君、宝石で炭素の結晶といえば何だ？」

「ダイヤモンド……ですかね？」

「そうだ。そして、この石は『素晴らしく純粋な青い光を放っている』つまり、ダイヤの中でも青みの強いブルー・ダイヤということになるだろう。様々な不吉な伝説に装飾されたブルー・ダイヤ。これは呪いのダイヤとして有名な『ホープ・ダイヤ』のイメージそのものだ。だが、しかし――」

じっと僕を見つめ、近松さんは続けた。

「ホームズが同時に語る『産地』から考えれば、この石をダイヤモンドと考えるのには少し無理がある」

「どういうことでしょうか?」

「ホームズは石の出どころを『中国南部の厦門川』と言っている。その辺りの地域はダイヤモンドはもちろん、いかなる宝石の産地でもないはずだ。だから、厦門というのは実際の産地ではなく、中国南部、東南アジアの物資の集積拠点・出荷港としての出どころだと考えるべきだろう。この場所に集積されてしかるべき近隣産地の宝石……それはインドシナ半島で豊富に産出されるコランダム。つまりルビー。色が青ならサファイアだ」

サファイア――。

「……ということは、子どもの頃に『青い紅玉』をサファイアだと思っていた近松さんが、すでに答えにたどり着いていたってことですか?」

「いや。そうじゃない」

卓上の『シャーロック・ホームズ大全』を回転させ、近松さんは本文の一部を指で示した。

「ここだ――『色がルビーの赤でなく青であること以外は紅玉の特徴をことごとく備えている』。この一文は、産地の話と合わせて、この石がサファイアであると理解しても良さそうにも読める。しかし、ドイルはここでも『紅玉』という言葉を用いている。原書がないから今は確認できないが、法則的に考えて、訳者が『紅玉』と訳している言葉はコランダムやルビーではなく、きっと『カーバンクル』であるはずだ。……覚えているか？　俺が最初に言ったカーバンクルの二つの意味」

「ええっと……。まずはガーネット、ですよね」

「そうだ。それから？」

「たまご型にカボションカットされた赤い石……でしたっけ？」

「そうだ。色が赤ではないルビー。青いカーバンクル。つまり、カボションカットされた青い石——含有するルチルを反射させるためにたまご型に研磨された、この石はきっと『スター・サファイア』なんだろう」

「……」

謎の石の正体を、この人は暴いてしまった……のか？

僕は呆然として近松さんの顔を見つめた。

「だが、しかし——」近松さんは続けた。

「サー・ドイルがこの石の特徴として合わせて描写した『ホープ・ダイヤ』と『スター・サファイア』、二つは見事に正反対の性質の石だ。片や直線的な多面カットの透明な石。片や丸くカボションにカットされた星条光を浮かべる半透明の石。あえてそれらをミックスした『ブルー・カーバンクル』とは、そのどちらでもあり、どちらでもない石ということだろう。ダイヤモンドとコランダム、多面体とたまご型、透明と半透明、そして青と赤……相反する要素を反射させあって、物語の作者という神様、コナン・ドイルは小説の中だけで神秘的に輝く幻の石を産んだ——つまり、『ブルー・カーバンクル』とは現実には存在しない、コナン・ドイルの文学的創造物だったという訳だ」

テーブルの籠のゆで卵を一つ手に取り、近松さんは宝石でも眺めるように顔の高さに持ち上げた。

たまごに向けた視線を僕にすべらせ、そして、近松さんは微笑んだ。

「これが俺の答えだ。さて、納得してもらえるだろうか？」

「……」

金髪で黒い瞳、まだ若いのにコマ劇場の支配人で、なんとなくマイペース。

そして、なんだかとても頭がいい。

本当に、この人は一体何者なのか——？

呆然と近松さんの黒い瞳を見つめていると、テーブルの上の携帯電話が小刻みに震えだした。バックライトが光る画面を見ると、そこには十三時三十分という時間、そして発信元と思われる『教会』という文字が表示されていた。

「お、丁度タイムリミットにも間に合ったようだな」

言いながら電話を取り、近松さんは再び英語で通話を始めた。呆然とする僕は前にも増して近松さんの英語が聞き取れない。しかし、その声が先の電話よりもずっと明るい調子だということははっきり判った。

にこやかに通話を終え、ケイタイをテーブルに置いた近松さんは僕に笑顔を向けた。

「見つかったぞ。汚《けが》れなき犯人は、すでに保護者と一緒に指輪を返しにセンナリに向かっているとのことだ」

「えっ！」

ブルー・カーバンクルの謎に没頭し、すっかり忘れてしまっていたそもそもの事件。その突然の解決の報せに、僕は思わず驚きの声を上げてしまった。

手にしたゆで卵をテーブルの上に置き、近松さんは人差し指と親指でコマのように回転させた。

「なんのことはない。イースターの礼拝に来ていた園児が庭でのエッグ・ハントの最中、開いたセンナリの搬入口の中、ニワトリ型の器の中のたまごを見つけて持ち帰った——ただそれだけのことだったんだ。子どもに悪意があったわけでもない、教会に礼拝に来るような親が、我が子が誤って持ち帰った指輪をそのままくすねるはずもない。だから、子連れの礼拝参加者に確認さえしてもらえば、指輪は必ず戻ると判っていた」

「でも、近松さん、イースターって四月のお祭りなんじゃ……」

「イースターは日付が決まった祭りではない。春分の後の最初の満月、その直後の日曜日がイースターだ。比較的四月になることが多いが、必ずしもそうと決まったわけじゃない——」

月齢がデザインされたカレンダーにちらりと目を向け、近松さんは続けた。

「今年の春分後の最初の満月は三月二十七日。そしてその直後の日曜日、三月三十一日。今日が今年の復活祭なのさ」

回転の速度が落ちた卵を掌で包んで止め、近松さんはゆっくりと僕に顔を向けた。

「さて、君に異論がなければ俺の勝ちだ」

「はい……。異論はありません」

「よし――」近松さんはニヤリと笑った。

「じゃあ、一つ言うことを聞いてもらうとしよう」

*

ジャージのポケットに手を突っ込んで歩く近松さんの後に付いて、僕は表階段を上がってザ・センナリに戻った。

開場直後のロビーにお客さんの姿はまだほとんどなかったが、物販コーナーや照明室の入口近辺で劇団の人たちが忙しそうに動いていることから、今日の公演は無事開催の運びになったことがなんとなくわかった。

ロビーの奥の一角にはばあちゃんと薫おじさん、和田さん、江本さんと毬谷さんが穏やかな表情で立ち、その前に小さい子どもと手をつないだ女性がペコペコと頭を下げている姿が見えた。

近寄る僕たちに気付き、ばあちゃんは近松さんに笑顔を向けた。

「あらまぁ。また一件落着してからのご登場？」

ばあちゃんの前に立ち止まり、近松さんは困ったように笑う。

「俺は裏方ですからね。できれば表には出たくないんですよ。……上演は大丈夫そうですか？」

「ええ、かわいい天使さんがたまごを届けてくれたおかげでね。劇団の皆も無事にスタンバイに入ったわ。まぁ、今回のことは彼らにも良い薬になったんじゃないかしら。……ありがとうね、坊や」

ばあちゃんは男の子に微笑んだ。ママに叱られたのか、男の子はつまらなそうに目を伏せている。

「そうかそうか――」言いながら近松さんはスクワットするように男の子の前にしゃがみ込んだ。

「今日はたまごを探す日だ。君は何も悪くない。それどころか君は迷える子羊たちにエッグ・ハントをさせてあげた、まさに神様のお遣いだ。……そんな君に、一つプレゼントがある」

近松さんはちらりと僕を見上げた。

僕は頷き、男の子の前にしゃがんで掌を差し出した。

「はい、どうぞ。君がせっかく見つけたたまごの、これが替わりになればいいんだけど……」

勝負に勝った近松さんの命令で、僕が急いでカラーペンで絵を描いたゆで卵。

目を丸くして卵を眺め、男の子はキャハハと笑った。

「なにこれ！　変なの。なんの絵？　ハサミ？」

「いや……ウサギのつもりなんだけどな……ハハハ」

何を描けばいいのかわからず、「ウサギでも描けばいいんじゃないか？」という近松さんのアドバイスで僕が描いたウサギの耳は、たしかに切れ味が良さそうだ。

「ありがとー」卵を受け取った男の子は微笑んだ。ママは恐縮した様子で、でも少しほっとした様子で「お邪魔になるので、そろそろ……」と頭を下げて男の子と一緒にロビーを出て行った。

二人の背中を見送り、近松さんと僕はばあちゃんたちの方に向き直った。

親子を見送った皆はそれぞれ穏やかに笑っていたが、ばあちゃんはとりわけ上機嫌だった。

「お願いした通り太郎さんに事情を伝えてくれたのね。ナイスアシストよ、光ちゃん」

「太郎……さん？」

首をかしげる僕に、隣の近松さんが早口で言った。

「俺の日本名だ。ウィリアム近松太郎。しかし、その名前で俺を呼んでも良いのは成子さんだけだ。わかったな？」

今までの余裕っぷりとはうって変わった近松さんの早口に僕はポカンとする。ばあちゃんはホホホと笑った。

「この人、ウィリアム・シェイクスピアと近松門左衛門、東西の偉大な劇作家の名前をミックスしたような凄い名前じゃない？　でも、太郎さんってお名前も逆にシンプルで可愛いらしいから、私は特別にその名前で呼ぶことを許してもらっているのよ」

「へぇ……」僕は近松さんの顔を見上げた。少し不服げに、照れくさそうに、近松さんは視線をそらしている。

話題を変えるように咳払いをして、近松さんは「そうそう」と言って皆の顔を見渡した。

「コマの助手バイトには彼を採用しようと思うんですが、いいですか？　成子さん」

「えっ？」ばあちゃんが応えるより早く、和田さんが驚いたような声を上げた。

「ザ・センナリでバイトしないかって、私が先に話してたの。横取りしないでくれる？」

「面接と採用テストは済んだのか？」

「いいえ、そんなのもちろんまだだけど……」

「それで採用しようだなんて、単なる縁故採用じゃないか。和田君らしくもない」

「でも……」

突っかかり合う二人の間に割って入るように、ばあちゃんが近松さんに尋ねた。

「じゃあ、太郎さんは既に面接とテストを済ませたって言うのかしら？」

「ええ――」元の余裕たっぷりな様子に戻り、近松さんはちらりと僕を見た。

「詳しい話は省きますが、彼は今日の公演のため、指輪探しを手伝わせようと俺に本気で謎解きの勝負を挑んできました。そして負けたら潔くそれを認め、絶望的なまでに絵心がないにも関わらず、俺の指示通り子どものためにたまごに絵を描きました。真面目で、親切で、素直。彼は俺が補って欲しいものすべてを持っている。……彼以外には考えられない。合格です」

うんうんと聞いていたばあちゃんは「――ですって」と和田さんに言い、笑顔で皆を見渡した。

「まぁ、形式的に所属が違うってだけで、うちの職員さんにはセンナリ劇場全体のお仕事をしてもらう訳だし……。まぁ、いいんじゃないかしらね？」

むすっとしているけど特に異を唱えるわけでもない和田さん、うんうんと頷いている薫おじさん、そして、歓迎の笑顔を浮かべてくれている江本さんと毬谷さん。皆の様子を確認し、近松さんは僕の顔を見た。

「――というわけで、よろしく頼む」

採用テストを受けたつもりなんて少しもなかったけど、僕に断る理由はなかった。

「……はい、こちらこそよろしくお願いします」

二〇一三年三月三十一日。復活祭の日。

大学生になるより一日早く、僕はイーストエンドの一員になった。

（了）

激しい雷雨がセンナリ・コマ劇場の屋根を叩いている。

そして僕は今、真っ暗な舞台の上に立っている。

何も見えない暗闇の中、唯一の光源は僕の前、水戸黄門の印籠のように神田《かんだ》が闇にかざすケイタイのバックライトだけだ。

恐怖をこらえ、僕は小声で言った。

「神田さん、光のせいで相手に居場所がわかっちゃいますよ！　ライトは消した方が……」

「いや、奴が頭に着けてたのは多分暗視スコープだよ。暗闇でも、あっちにはこっちの姿が見えてるはずだ」

「……たしかに丸見えだねぇ」

僕たちの真横で低い声が響き、神田は「わぁっ！」と叫んで飛び上がった。

咄嗟に神田が向けたケイタイの光で、闇の中に奇妙なゴーグルを着けた鈴木《すずき》の首が浮かび上がった。

「ヒャッ！」

悲鳴を上げて後退した神田の巨体に突き飛ばされ、僕は低い舞台から客席へと転げ落ちた。

驚いた拍子に手がすべったのか、鈴木に振り払われたのか、神田のケイタイが客席の中央へと飛んで行く。

「やめろ！　やめてくれ！」

舞台の上では神田の悲痛な絶叫が響いている。

遠くの座席の下に落ちたケイタイの光を目指し、転んだ僕は匍匐前進で客席の中央通路を進み始めた。

どうしてこんなことになってしまったのか――。

ほんの数時間前、僕は意気揚々と新しいバイト先、イーストエンドに初出勤したはずだった。

近松さんにコマ劇場を案内してもらい、そして事務所でのんびり留守番をしていたはずだった。

しかし、近松さんが出かけた後、あの黒ずくめの訪問者を引き留めてしまったばかりに、僕は今、人生最大のピンチに陥っていた。

これから始まる大学と下北沢での新生活――走馬灯として思い出すべき楽しい日々を過ごすよりも先に、開幕早々、僕の物語はこの暗闇の中で終わってしまうのだろうか？

いや、絶対にそうはさせない――。

僕はケイタイの光を目指して必死に前進した。

あのケイタイのライトを使って出口を目指す、あるいは110番に通報する――暗闇の中、暗視スコープを着けた鈴木から逃げるにはきっとそれしか道はないはずだ。

僕は匍匐前進を続けた。

希望の光にあと少しまで近づいた時、しかし、無情にもバックライトの点灯時間は切れてしまった。

僕の世界は暗転した。

ACT 2 死と乙女

Death and the Maiden

1

「真っ暗なんですね」

「暗くならないことには芝居が始まらないからな。……ルーモス！」

近松さんの謎の呪文と同時に、目の前の舞台と客席がパッと明るくなった。

驚いた僕は近松さんの顔と無人の舞台を交互に見比べる。

視線に気付いた近松さんはジャージのポケットから拳《こぶし》を出し、手に何か握っていることを示した。

「緊急用の全照明点灯リモコンだ。俺が一つ持っていて、照明室の柱にも一つ。上演中にうっかり操作するとまずいから、君に渡すのはもう少し先になるだろう」

「言葉に反応して電気が点くんですか？ ……なんか、思ってたよりもハイテクなんですね」

隣の棟、ザ・センナリと同じく狭くて古びたセンナリ・コマ劇場の意外な設備に感心しながら、僕は後方ドアから客席へと一歩足を踏み出した。

反応がないので振り返ってみる。

近松さんは黙って僕の顔を見つめていた。

「……そうだな。リモコンを持っていなくても、大声で呪文を唱えれば電気が点くかもしれないな」

「そうなんですね！　……けど、ルーモスってどういう意味なんですか？」

「ハリー・ポッターに出てくる明かりを灯す呪文だ」

「へぇー。近松さん、ハリー・ポッターが好きなんですか？」

「……」

しばらく黙って僕を見つめ、近松さんは視線を外して小声で言った。

「そんなことはどうでもいい」

ん？　なんだ？

もしかして、恥ずかしがっている？

僕の反応を牽制するかのように、近松さんは声のボリュームを元に戻した。

「とにかくここが、君と俺が一緒に預かるセンナリ・コマ劇場だ。コマ劇場のコマは『小さい』に『間』、狭い空間というニュアンス、かつ、昔歌舞伎町にあった巨大な劇場

『新宿コマ劇場』に掛けた洒落になっている。君のおじいさんは随分言葉遊びが好きな人だったようだな」

「近松さんは、じいちゃんのことを色々とご存知な感じですか？」

「いや、残念ながらご存命中に会うことは叶わなかった。俺の父親は随分世話になったみたいだが……」

「へえー。近松さんのお父さんが……。お父さんって、どんな方なんですか？」

「いや、それはどうでもいい。ハリー・ポッターどころではなくどうでもいい」

何か苦いものを噛んでしまったような近松さんの表情に、少し立ち入った話をしてしまったかな——と僕は焦る。

意外と繊細なのかもしれない近松さんを気遣い、僕は慌てて話題を変えた。

「けど、新宿コマ劇場は大きな劇場なのに、どうしてコマ（小間）劇場っていうんでしょう？」

「あっちのコマはコマのような回り舞台の舞台装置が由来だな。系列の劇場で、昔大阪には『梅田コマ劇場』というのもあったらしい。もちろん、うちには廻り舞台なんて立派な設備はない」

近松さんは前方の舞台を眺めた。

僕も一緒にがらんとした舞台を見る。

たしかに狭い舞台に円を描けるほどの奥行きはない。

「……七年前東京に遊びに来た時、ザ・センナリには何度か忍び込んで探検した記憶があるんですけど、こっちの劇場の記憶は全然ないんですよね」

「それは、きっとこの劇場の狭さが理由だろう――」

言いながら、近松さんは客席の中央通路を舞台の方へと歩いて行く。

「客席数もセンナリの七割程度しかないが、そもそも建物の奥行も幅も、こっちは向こうの棟より随分小さい。探検できるようなロビーも、楽屋も、舞台裏も、ほとんどないに等しい。道路に面した向こうと違って窓もないから外の光も一切入ってこない。そして、ここには冷蔵庫もないから、『暗くなるまで待って』どころではなく、電気を消せば完全に真っ暗闇になる。……子どもが気軽に遊びに入れるような場所ではない」

「冷蔵庫？　暗くなるまで待って？」

客席の最前列から低めの舞台にぴょんと飛び乗り、近松さんはくるりとこちらに体を向けた。

「盲目の女性が暗闇で侵入者と対決する――そんな古い映画があるのさ。冷蔵庫に何の関係があるのか気になるならビデオを借りて観るといい。……そういえば、どこに住むことになったんだ？」

「ばあちゃんの家です。母の部屋が物置になってたんで、そこを空けてもらいました」

「そうか。無事下北の住人になった訳だな。じゃあ、ドラマ館に入会するのは必須だな」

「ドラマカン？」

「商店街にあるレンタルビデオ屋だ。下北に住む大学生がドラマ館の会員じゃないなんてありえないことだ。すぐ入るように」

「はい、わかりました」

下北に住む大学生――その響きに、僕はにんまりしてしまう。

僕にとってはただ母さんの実家の街《いなか》。今まで特に何か思うことはなかったけれど、大学で配っていたフリーペーパーによると下北沢は『日学生の住みたい街ランキング第一位』の街なのだそうだ。

下北の小劇場でバイトするというのも、演劇に関わる人たちには多分、とても魅力的なことに違いない。それはきっと、阪神ファンが甲子園でボールボーイになれたようなものだ。

もちろん、他人が羨む環境を自慢したり優越感に浸るつもりは毛頭ないけれど、単純に、それは嬉しく誇らしいことに違いなかった。

弾む気持ちを抑え、僕は力いっぱい舞台の上の近松さんに言った。

「ここが僕のこれからの仕事場なんですね。頑張ります！」

うむ――と近松さんは頷く。

「やる気があっていいことだ。しかし、劇場の職員が劇場で仕事をするということは……まぁ、ほとんどないな」

「え？　そうなんですか？」

「普段の掃除や安全確認、施錠なんかはもちろん俺たちの仕事だ。しかし、利用者が劇場入りする時点で俺たちの仕事の九割がたは終わっている。利用申し込みの受付、企画書のチェック、公演スケジュールの調整、経理処理。場合によっては申込者の稽古や活動のチェック……良いステージを実現してもらうため、事前に劇場の外で準備する仕事がほとんどだ」

「そうなんですね。じゃあ、僕はこれから一体どんな仕事をするんでしょう？」

「今言ったような業務を少しずつ覚えてもらうことになるだろうが、とりあえず今日やってもらう仕事は——」

「はい……何でしょう」

僕はゴクリと唾を呑む。

近松さんは厳かに言った。

「お留守番だ」

＊

舞台両袖にある戸口からつながる舞台裏——楽屋がないコマ劇場の楽屋も兼ねているというバックヤードを経由して、上手側（客席から見て右が上手、左が下手……それは僕が一番最初に覚えた舞台用語だ）の通路からザ・センナリの棟に渡り、僕たちはセンナリ横丁に下りる階段から一階の部屋へと戻った。

　靴を持って入るように——そう言われた僕は靴を手に近松さんに続いてキッチンのフローリングに上った。

「劇場に行く時はこのルートが近くて便利だが、基本的にこっちは関係者用の裏口だ。コマ劇場事務所の表玄関は外の道路側になる」

　本があふれた薄暗いキッチン、近松さんは引き戸が並ぶ正面を見ながら言う。

「右の戸の向こうが事務所。そして、左の戸の奥は俺の居住スペース」

「え？　近松さん、ここに住んでるんですか？」

「ああ。昔住んでいたアパートが台風の倒木で半壊して、不動産屋に空きテナントだったここに強制的に移らされてしまった。それがきっかけで劇場《ここ》の仕事をすることになった」

「じゃあ、仕事のためにここに住んだんじゃなくって、その逆だった……ってことですか？」

「まぁ、元のアパートのオーナーも成子さんで、前から声は掛けてくれてたんだが、引っ越したことで確定してしまった感じだな」

　ダイニングテーブルの脇を抜け、近松さんは部屋の奥、二枚の引き戸の前へと進んだ。

「劇場の上演時間中は表玄関も裏口も施錠せずに開けっぱなしにしている。俺の部屋にも鍵は掛かっていないが、俺以外の人間が戸を開けると部屋の中の本が崩れる仕掛けになっている。……なので、左の戸には絶対に触れないように」

「なんだか忍者屋敷みたいですね……」

僕の言葉を無視し、近松さんは右側の引き戸に手を掛ける。

「そして、この向こうがコマ劇場の事務所だ」

近松さんは引き戸を開いた。

「……えっ？ ここは……」

予想に反し、引き戸の向こうには元町の喫茶店（?）のような、狭いながらも小綺麗な空間が広がっていた。

驚く僕をちらりと見て、近松さんは言った。

「いわゆる居抜き物件というやつだな。俺が入る前、ここはコーヒー豆の卸業者が経営する小さなカフェだったらしい。この下北にはおしゃれ過ぎて、あまり長くはもたなかったみたいだが……」

近松さんは事務所に進む。段差になった土間にポンと靴を落とし、僕も後に続いた。

引き戸のすぐ前には入口の方を向いて座る番台のような木製のデスクが一台、その向こうには二人掛けのソファーが向き合う応接セットが置かれている。

「なんだか、きれいな事務所ですね……」

色気のない二階の事務所と大違いな洒落た居抜き物件を、僕はあらためて見渡した。

事務所の奥、今立っている場所から左手の隅の一角にはペルシャ調の絨毯が敷かれ、その上にはアンティークなロッキングチェア、その脇にはこれまたアンティークなフロアスタンドが一台、ロッキングチェアの手元を照らすような配置で置かれている。

その椅子は、以前どこかで見た覚えがあった。

僕の疑問を察したように、近松さんは言った。

「先週、ホームズのパロディー芝居の道具に貸してやった椅子だ。俺の定位置が無くなるのは困ると抵抗したんだが、薫さんのプッシュと成子さんの一言で、五日間も俺はここで寛げ……いや、仕事ができなかった。君が訪ねて来た時、だから俺は自分の部屋で寝ていたんだ。いつも昼まで寝ている訳じゃない。そこのところは誤解のないように」

部屋の隅に進み、近松さんはロッキングチェアに腰を下ろして長い脚を組んだ。

肘掛けに乗せた腕で頬杖を突き、近松さんは僕を見上げる。着ている服はジャージなのに、その雰囲気はまるで王様のように偉そうだ。

「ここは俺専用の支配人の椅子だ。支配人なんて偉そうな称号には、これぐらいの風格を添えないとバランスが悪いからな。……そしてそこが助手の君のデスクだ。ちょっと座ってみてくれ」

近松さんに言われ、僕はデスクの椅子を引いて腰を下ろした。

「よし、いい感じだな！　そこに助手が座ってこそ、ここに支配人が座る意味がある」

「近松さん……」

「なんだ？」

「もしかして、事務所の雰囲気作りのために、助手を採用しました？」

「なにを言っているんだ、君は――」

おもむろに近松さんがロッキングチェアを揺らし始めたその時、チリリン――とドアベルらしき音が室内に響いた。

近松さんと僕は入口の方に顔を向けた。

開いたドアの向こうには、二階の職員――センナリのバイトの先輩、毬谷まりやさんが黒いバインダーを胸に抱えて立っていた。

2

「偉そうな支配人と真面目な助手って感じで、なんだか事務所っぽい雰囲気になりましたね！」

デスクの正面に立ち、毬谷さんはロッキングチェアの近松さんとデスクの僕を笑顔で見比べた。

「おお、毬谷ちゃん。新人の初出勤を見物にでも来たか？」

「いいえ。回覧板を持ってきただけですよ。――はいどうぞ、新人さん」

差し出されたバインダーを僕は受け取る。

「上と違って綺麗な事務所でびっくりしたでしょ？　私もこんな素敵な部屋で働きたい

けど、なんだかこき使われそうで心配よね」

「何を言っているんだ、君は――」

ロッキングチェアの揺れを止め、近松さんは呆れたように言った。

「俺は人をこき使ったことなどないし、こき使えるような助手なんてそもそも今までいなかった。薫さんからコマを引き継いで以来、木下家の一族にこき使われてきたのはむしろ俺の方だ」

「その仕返しに、これから光太朗君をこき使うつもりなんじゃないですか？」

冗談ぽく笑う毬谷さんに、近松さんは背もたれを後ろに倒してため息をついた。

「相変わらず想像を膨らませるのが得意だな、君は。……ＳＮＳの発信も、その調子でさぞ順調なことなんだろうな」

「ええ、おかげさまで。開設したばっかりなのに、もう私の劇団アカウントよりも二けた多いフォロワー数になっちゃいました。センナリの人気の高さを改めて実感しましたね。あ――」

毬谷さんは僕を見た。

「私、事務の他にここの広報も担当してるの。君も何かつぶやく時は『＃下北沢センナリ劇場』ってタグをつけて宣伝を手伝ってね。私たちの未来のために」

「はぁ……」

ＳＮＳのアカウントもスマホも持っていない僕は気の抜けた返事をし、逆に気になったことを質問した。

「あの、毬谷さん、私の劇団……っていうのは？」

「あ、私小さな劇団で女優もやってるの」

少し恥ずかしそうに毬谷さんは答えた。

チェアの近松さんが補足するように言った。

「ダイクも毬谷ちゃんも、劇団員をやりながらここでバイトをしてるんだ。劇場には細々した業務が多いが時間の融通はつけやすい。それぞれ劇団が忙しい時は社員の俺たちがちゃんとフォローする。だから、劇団員でも、大学生の君でも安心して働けるという訳だ。決してこき使われるなんてことはない。毬谷ちゃんが女優をしながらうちで働いているということが何よりもその証拠だ――」

チェアを揺らして反動をつけ、近松さんは体操選手の着地のように席を立った。

「……ということで、事務所で寛ぐ楽しい仕事は君に託し、俺はそろそろ労働に出かけるとしよう」

「今日はどちらに？」

尋ねる毬谷さんに、近松さんはジャージのしわを伸ばしながら答えた。

「登戸の稽古場まで。稽古の仕上がりを見に来てほしいそうだ」

「どこの劇団ですか？」

「名前は何だったかな……再来月『死と乙女』を演《や》る一座だ」

「『死と乙女』って、シューベルトの曲……でしたっけ？」

「ああ。主人公の妻が独裁政権時代、拷問中に聴かされていた曲名がタイトルになっている」

「え、こわ……。どんな話なんですか？」

「車の故障で立ち往生していた男が通りかかった医師に助けられて家に帰る。男の妻は医師の声を聞き、それが過去の独裁時代に自分を拷問して辱めた男だと気付く。妻は医師を拘束し、復讐しようとする。しかし、医師は潔白を主張して主人公に助けを求める。二人のうちどちらの言葉が正しいのか……という話だ」

「へぇー。面白そうですね」

「ああ。とても面白い芝居だ。それをより良い形で上演できるよう、曇天の下、登戸くんだりまで俺は今から出掛けるという訳さ」

「登戸なんて急行で二、三駅じゃないですか。近松さんって、たまに大袈裟ですよね」

毬谷さんの軽口を完全にスルーし、近松さんは堂々と応える。

「まぁ、『パフォーマーと共に観客の豊かな時間の創造に奉仕する』っていうのがセンナリの社訓だからな。そのためなら喜んでどこにでも出掛けるさ。君のボスだってそうだろう？」

「たしかに和田さんも稽古場によく出掛けてますけど、利用申し込みの審査と活動のチェック程度で、内容にまで口出しはしてないみたいですよ」

僕に顔を向け、毬谷さんはわざとらしく声をひそめて言った。

「おたくの支配人、お芝居の仕上がりが悪いと公演直前でも劇場の利用をお断りするらしいわよ。さすがにそんなことは滅多にないらしいけど、本当に公演中止をくらった劇団は、昔いくつかあったみたい。今でもそれを恨んでる人はいるみたいよ。怖いわねぇ」

「へぇ……」

僕は近松さんを見上げる。

「ふん――」すました様子で鼻を鳴らし、近松さんは冷ややかに僕と毬谷さんを見つめた。

「うちの直接の利用者は劇団だが、当然、観客も間接的な利用者だ。その時間を無駄にするようなことは避けなければならない。ただそれだけのことさ」

「でも、近松さん……」

恐る恐る、僕は言った。

「つまらないお芝居だって、もしかすると、それを面白いと思う人もいるんじゃないですか?」

「ほう。わりと良いことを言うな、君は」

近松さんは満足げに微笑んだ。

「君の言う通り、もちろん好みは人それぞれだ。よほどのことがない限り、俺だって余計な口は挟まない。だが残念ながら、よほどのことはごく稀に起こってしまう――」

二階の劇場を示すように、近松さんは天井を見上げる。

「劇場の方針として、ザ・センナリは書き下ろしの新作を中心に上演している。当然それらは玉石混交で、観客もそれを承知の上で面白いものを発見するため劇場に足を運んでいる。客の思いがそうである以上、劇場側は必要以上クオリティーに口をはさむべきではないだろう。この場合において、君の意見は完全に正しい」

近松さんはじっと僕を見つめた。

「だが、コマ劇場は新作よりも古典、最近ではあまり上演機会のない既存作を優先的に上演する方針で作られた劇場だ。つまり、ある程度評価の定まった本を上演する場合、オーソドックスに演出するにせよ斬新にアレンジするにせよ、『原作との距離感』という一つの評価軸が必然的に定まってしまう」

「それって、『原作は絶対』『解釈違いNG』ってことですか?」

横から尋ねる毬谷さんに、近松さんは静かに首を横に振った。

「原作から大きく逸脱していても構わない。なんなら題名だけ同じで内容は全く別物であったとしても、俺はそれでも構わないと思っている。ただ一つ重要なのは、その芝居に『その本を選んだ意味があるかどうか』ということだ。そこに意味がないもの、あるいは意味がないことに意図が見出せないもの――それらは単純に『看板に偽りあり』ということになってしまう。それは、観客の時間を無駄にすることになり、劇団と劇場の信用を損なうことに直結する。そうならないように、事前にできる限りの手伝いをする。

……他の劇場がどうかは知らないが、それが我々、コマ劇場の方針だ」

ちらりと僕を見てから、近松さんは毬谷さんに視線を戻した。

「とはいえ、俺は演出家でもないし舞台監督でもない。ましてや観客でも評論家でもない。言うなれば劇場の暗闇になったような気持ちと距離感で芝居を観てアドバイスする——まぁ、そんな感じだな」

一息ついて、近松さんはおもむろに事務所の入口の方へと歩き出した。

僕と毬谷さんに背中を向けたまま、近松さんは言った。

「じゃあ、俺が戻るまで留守番を頼む。二、三時間……遅くても八時頃には戻ると思う。何か用が入ったら事務所を閉めて退勤してくれて構わない」

「あの、留守番って……一体何をすればいいんでしょう?」

僕の声に歩みを止め、近松さんは肩越しに僕を見た。

「利用者から問い合わせがあったら適当に対応しておいてくれ。基本的には俺から折り返し連絡する形でいい」

「……それって、留守番をする意味があるんでしょうか?」

「ケイタイじゃなく頑なに固定電話に連絡してくる利用者、アポなしで突然訪ねてくる利用者……演劇業界には一般社会よりも幅広いタイプの人間がいる。アクの強い変わり者も多い。留守番はそんな連中に慣れる最初の重要なトレーニングだ。暇だったら掃除をするなり、回覧版やチラシでも読んでいればいい。ということであとは任せた、竹本君。いや、光汰朗君。……うーん、しっくりこないな。何か良い呼び方を考えないといけないな」

ぶつぶつと言いながら、近松さんはドアの外へと出て行った。

＊

毬谷さんも二階に戻り、僕は事務所に一人きりになった。

改めてデスクから室内を見渡す。

お洒落な事務所はなんとなくさっきよりも広く思えた。

坂道沿い一階奥のこの部屋は途中から坂道に潜り込むような構造になっているので、窓から外の景色はほとんど見えない。しかし、差し込む光の様子からなんとなく外が薄暗くなっていることはわかる。天気が崩れる前触れのような灰色がかった色の光だ。

今日は昼から曇ってたけど、夜は雨でも降るのかな……。

ぼんやり考えていると、デスクの上でジリジリジリ――と、自転車のベルのような音が突然響いた。びっくりして音の方を確認すると、デスク端の積み上げられたファイルの陰、ダイヤル式の黒い電話がその音の源だった。

「何だ、このレトロな電話……」

思わずつぶやき、僕は現役の骨董品を呆然と眺めた。

いや、眺めている場合じゃない――我に返り、留守番の僕は慌てて受話器を持ち上げた。

「はい、センナリ・コマ劇場です」

「――あれ？　誰？」

受話器の向こうから聞こえたのはぶっきらぼうな男性の声だった。

「あ、新入りのバイトの者です」

「――ああそう。やっと人増えたのね。……支配人いる？　劇団・大人になろうぜの斎藤《さいとう》だけど」

「すいません、生憎留守にしておりまして……」

「え？　そうなの？　いつもそこで本を読んでるだけの人だと思ってたわ。ハハハハ」

大人げのない大声で笑い、大人になろうぜの斎藤氏は早口で続けた。

「――留守ならいいんだけどさ、うちのブタカンが、なんかそっちに向かってるらしいんだわ。迷惑かもしれないと思って、それで気を遣って電話を入れたんだけど……」

「ブタカンさん……ですか？」

あだ名だろうか？　初めて話す相手にあだ名で用件を伝えるなんて、とても気を遣っているようには思えないが……。

僕の沈黙に構わず、斎藤氏は一方的に喋り続けた。

「――彼、なんかお宅の支配人さんのことが大好きみたいでさ。うちとしては特に用もないのにお邪魔しちゃ悪いなと思ったんだけど、いないんだったら大丈夫だね。じゃ、よろしくー」

ブチリ、ツーッーと通話が切れた音に驚き、僕は耳から受話器を離す。

しばらく呆然として、僕は近松さんの外出際《ぎわ》の言葉の意味を理解した。

近松さんも大概風変わりな人だけど、今電話を掛けてきた人はそれどころではなかった。一方的に喋り続けただけで、結局何の用だったのか全く理解できなかった。

話そのままに受け取れば、近松さんを好きなブタカンさんという人が、今からここに来る――ということだろうか？

なんだか不安だ。

僕は、ちゃんとここで働けるのだろうか？

しばらくぼんやりしていると、外で砂利を撒き散らすような音が聞こえた。

なんだろう？ ――思った僕は椅子を立って窓に近づく。窓までたどり着くまでもなく、それは突然降り始めた雨の音だということがわかった。

そっと覗いた窓の外、目の高さに見える坂道の地面に激しく雨が打ち付け、レの字を描くように雨だれが飛び跳ねていた。ドアを開け、僕は身を乗り出して外の様子をうかがった。室内ではシャベルで砂利を撒く程度に聞こえていた雨音は、外ではまるでダンプカーから砂利を撒き散らすぐらい大きく激しく響いていた。そして、少し前には灰色だった空の色は墨を混ぜたように黒くなっていた。大雨の中、イーストエンド脇の坂道にも、その先の茶沢通りにも、僕の見える範囲に人影は一つもなかった。まるで下北沢がゴーストタウンになってしまったかのようだ。

これ以上体を出していると濡れそうだったので、僕はドアを閉めて奥のデスクへと戻った。

この雨の様子だったら、きっと来客もないだろう。近松さんもいないことだし、ブタカンさんという人もあきらめて引き返してくれればいいのだが……。

元の椅子に座って一息つき、僕は何となくデスクの上の回覧版を手に取って開いた。その一番上には「注意！　堀田劇場の事務所が盗難被害に遭いました」と大きく書かれた一枚の紙が挟まれていた。

堀田劇場は下北沢の駅前にある、この街で一番大きくて立派な劇場だ。

堀田劇場以外にも下北にいくつか小劇場を持つ『堀田劇場グループ』の社長、堀田《ほった》正《まさ》彦《ひこ》さんは映画俳優時代のじいちゃんの先輩だ。先に下北で事業を成功させていた堀田さんに憧れて、じいちゃんはここにイーストエンドを開いたらしい。

徳川譜代大名家の流れを汲むという堀田さんと豊臣秀吉の末裔を名乗る木下家は仲が悪く、堀田劇場とセンナリは犬猿の仲――そんな噂が一時期流れていたらしいけど、ばあちゃんの話によるとそんなのは全くの嘘。演劇を愛し、立派な劇場まで作った堀田さんをじいちゃんは心の底から尊敬し、実の兄のように慕っていたそうだ。けど、元俳優で遊び心のある二人はむしろその噂を面白がって、表向きには仲の良さを隠して噂が大きくなるのを楽しんでいたらしい。

そんな話をばあちゃんから聞いたばかりの堀田さんの劇場が、盗難の被害に遭った――。

堀田さんのことを直接知っている訳ではないけれど、僕は他人ごとではない気分でその内容を読んだ。

注意！　堀田劇場の事務所が盗難被害に遭いました

先週4月6日土曜日夜6時ごろ、駅前の堀田劇場さんの事務所が空き巣の被害に遭いました。

劇場の事務所は客席ロビーに直結して人の出入りが多く、普段から意識高く防犯に努めていたとのことですが、一人で勤務していた職員さんが開演前の場内対応に出ている間、ロビー側ではなく換気のため開けていた窓から空き巣に侵入され、手持ち金庫一台が盗難被害に遭ってしまったとのことです。

目撃情報によると犯人は黒ずくめの格好をしており手口は計画的、最近代沢地区で連続発生している空き巣犯と同一である可能性も高いとの警察の見解です。

地域の皆さまには、より一層の戸締まりの用心と地域防犯へのご協力をお願いいいたします。

黒ずくめの連続空き巣犯……僕の頭に最初に浮かんだのはアニメに出てくる黒いシルエット人間、次に浮かんだのは黒い目出し帽を被った銀行強盗風の男のイメージだった。シルエット人間に現実味がないのは勿論のことながら、目出し帽姿というのも逆に悪目立ちするだろうから、単に黒い服を着た不審人物が目撃されたという程度のことだろう。いずれにせよ早く犯人が捕まって、堀田さんの元に金庫が無事戻ってほしい——。そう願った時、今の僕は劇場の事務所に一人、堀田劇場に空き巣が入ったのと似た状況にいることに気付いた。

日も落ちて薄暗く、外は大雨。大通りには人影もない。裏口はいつも施錠していないと近松さんは言っていたが、防犯上、それで大丈夫なのだろうか?

なんとなく不安になって辺りの気配をうかがったその時、背後の引き戸越し、裏口のドアが開く音が微かに聞こえたような気がした。

……。

そっと振り返り、より神経を研ぎ澄まし、僕は引き戸の向こうのキッチンの様子をうかがう。

雨音に包まれて聞き取りにくいけれど、気のせいではなく、そっと床を踏むような音が確かに小さく聞こえている。

近松さんが大雨で引き返してきたのだろうか？　それとも……。

一瞬ためらい、しかし、僕は勇気を出して椅子を立った。

息を殺して背後に向き直り、そっと引き戸に手を掛ける。

もし侵入者だったなら、びっくりして逃げ出してくれますように——。

そう願いながら、僕は勢いよく引き戸を横に引いた。

3

薄暗いキッチン。

ぼんやりと青白く光る窓を背に、真っ黒な人影がこちらを向いて立っていた。

「誰だっ！　……すか？」

おっかなびっくり、僕は勇気を振り絞って声を上げた。

「そっちこそ、誰？」

帰ってきたのは抑揚のない男の低い声だった。

黒い人影は慌てるでもなく、逃げるでもなく、当然のようにダイニングテーブルの脇に立っている。

落ち着きはらったこの様子……もしかして、ここの関係者、あるいはなじみのお客さんとかだろうか？

「僕は新しく入ったバイトですけど、どちらさま……ですか？」

短い沈黙を挟み、影は淡々と応える。

「いつもここにいる人は？」

「近松さんは……外出中ですけど」

「ふーん。そう。……じゃあ、さよなら」

さらりと言い、影の男はゆっくりと回れ右をした。

この人が客ではなく、もし堀田劇場に入った連続空き巣犯だとしたら……。

このまま逃がす訳にはいかない。

僕は咄嗟に口を開く。

「すぐ帰ってくると思うんで、事務所でお待ちになって下さい！」

薄闇に目が慣れ、男の足元に水が滴っていることに気付き、僕は言葉を続けた。

「外はまだ雨ですし、どの傘ならお貸しして大丈夫なのかもわからないんで……。タオルぐらいなら、探せばどこかにあると思いますから」

「……」

何かを考え込むようにしばらく沈黙し、男はゆっくりとこちらに向き直った。

「じゃあ、貸してもらえる？　タオル」

男を引き留めることはできたものの、正体の知れない男と二人きり、僕は雨の事務所に降り籠められることになってしまった。


キッチン脇の脱衣室で見つけたタオルを受け取り、事務所の応接ソファーに座った男は肩を払うように濡れた服を拭いた。

ジャケット、シャツ、パンツ、靴、靴下、そして肩に掛けた大きなバッグに至るまで、身に着けたものの色は全て黒――その黒一色の身なりのせいで、薄闇で男の影は真っ黒に見えたのだ。

年齢は四十歳前後だろうか。ひょろりとした体形に不健康そうな青白い顔。

男は使い終えたタオルを几帳面にテーブルの上で畳んで僕に返した。

「ありがとう。君、親切な人だね」

表情の乏しい顔に気味の悪い薄笑いを浮かべ、男は僕を見上げた。

「あの……どちらさまなんでしょう？」

「あ、僕ですか？　鈴木です」

「どちらの鈴木さんでしょうか?」

「鈴木は鈴木。ただの鈴木です」

「はあ……。今日は、どんなご用でしょう?」

「君に用はないから、気にしないで下さい」

鈴木と名乗る男はニコリと笑った。しかし、その目の奥は少しも笑っていなかった。

断固として対話を拒む男のオーラに気圧され、僕はとりあえずデスクに戻る。

チェアに腰を下ろせば、部屋中央の応接セット、こちらを向いて座る鈴木の姿をよく見ることができた。黒ずくめの男が無表情に黙って座る姿はまるで死神のようで、そんな男に「用はない」と言われたことに、僕はなんだかほっとしていた。

しかし、何者かわからないことには何も対応のしようがない。

鈴木は客なのか、それとも黒ずくめの侵入者——連続空き巣犯なのか……。

正体を探るため、そして気まずい沈黙を破るため、僕は再び鈴木に問い掛ける。

「鈴木さんは、うちとお付き合いは長いんですか?」

「……」

青白い顔をゆっくりと僕の方に向け、鈴木はぽつりと言った。

「長いといえば長い、短いと言えば短いね」

相変わらず禅問答のような答えだ。しかし、めげてはいられない。

「……演劇業界にはユニークな人が多いって、近松さんが言ってました。鈴木さんもそんな感じの方なんですかね？」

「この世には――」一瞬息を止めて、鈴木は続けた。「ユニークじゃない人間なんて一人もいないと思うな。全く普通に見えるような奴がいたら、そう見える時点で、そいつはとてもユニークなんじゃないかと、僕は思うな」

質問に答えないことに変わりないが、長めの言葉を引き出せたのはわずかながらも前進だ。理屈っぽくてアクが強い鈴木の反応は、クセ者の業界人っぽい感じがしないでもない。この人は、やはりただの客なのだろうか？

僕は会話を続けた。

「……そうですね。そんな風に言う近松さんこそ、かなりユニークな人ですもんね。鈴木さんは、近松支配人のこと、どう思います？」

「憎い」

「え？」

「とても憎い。ミンチにして、ハンバーガーにして、売って、一儲けしてやりたいほど憎い」

「……」

淡々と言う鈴木の顔を、僕は呆然と眺めた。

何があったか知らないけれど、一体何があったのだろう？

この人が電話の「ブタカンさん」なのかと少し思っていたけど、ブタカンさんは近松さんを好きだというから、やっぱりこの人ではない……のだろうか？　むしろ「死神さん」とでもあだ名をつけられそうなほど顔色が悪くて痩せたこの人に、ブタカンというあだ名はやっぱりしっくりこない気もする。

ぼんやりと考えていたその時、壁の向こう、近松さんの部屋の方からドドドと何かが崩れるような音が響いた。

咄嗟に音の方に顔を向け、そして鈴木に視線を戻す。

肩から掛けた黒い大きなバッグを開き、鈴木は中からゆっくりとゴムハンマーを取り出している。

「す、鈴木さん？」

声を詰まらせる僕に、鈴木はハンマーを掲げて不敵な笑みを浮かべた。

「誰だろうねぇ」

まさかこの人、帰ってきた近松さんを――。

跳ね上がるように椅子を立ち、僕は引き戸を開けてキッチンに飛び込んだ。

「近松さん！」叫びながら天井のランプに手を伸ばし、僕はスイッチのチェーンを勢いよく引いた。

明るくなったキッチン。

近松さんの部屋の前には数十冊の本が雪崩のように散らばり、その中央には近松さんではない大柄な男性が一人、尻もちをついて呆然とこちらを見上げていた。

「どなた……ですか？」

「あ、いや……あの、近松さん……は？」

男は空腹の鯉のようにパクパクと口を動かしている。

僕が反応に困って黙っていると、ゴムハンマーを手にした鈴木が静かにキッチンに入って来た。無表情のまま男の前にゆっくりと進み、そして、鈴木は満面の作り笑いを浮かべて言った。

「近松さん、お留守みたいですよ。事務所で、ご一緒に帰りを待ちましょうか？」

＊

応接セットのソファー。鈴木の隣に男は巨体を収めた。

デスクに戻り、僕は男に問い掛ける。

「あの……どちらさまでしょうか？」

こちらを向いて座る男は三十歳前後、白いジャージに包まれた巨体はスポーツマンというよりも肥満型……と言った方が正しそうだ。

隣に座る鈴木と僕の顔をきょろきょろ見比べ、巨体の男は愛想笑いを浮かべて言った。

「私、神田といいます」

「どちらの神田さんでしょうか？」

「どちらと言われましても……。フリーランスと申しますか、なんというか、その……」

困ったように笑い、神田と名乗る男は指先で額の汗を拭くような仕草を見せた。

でっぷりとした体形。神田という名前。この人が例の「ブタカンさん」なのか……？

もしかしてブタカンさんですか？　とさすがに尋ねる訳にもいかず、僕はしばし考えた。

「……そういえば、さっき劇団・大人になろうぜの斎藤さんから電話がありましたよ」

「ああ、斎藤さんからお電話が……。そうですか」

愛想良く反応する神田に、僕は探りを入れる。

「なんだか、あなたがお見えになる……みたいなことをおっしゃってました」

「そうですか。わざわざそんなことを。いやだなぁ……」

ハハハ——と神田は汗を拭く。

やはりこの人がブタカンさんらしい。

けどしかし、大の大人が体形を揶揄するようなあだ名で人のことを呼ぶなんて……。

『大人になろうぜ』なんて劇団名のくせに大人げのない斎藤氏に、僕は今さら腹が立ってきた。この人と斎藤氏の関係性は知らないけれど、そんなの明らかに時代遅れのモラハラだ。演劇業界、こんなことでいいのか？

テーブルの上に置いたゴムハンマーの柄をギアのように立て、鈴木はおもむろにパタンと倒した。

突然の大きな音に、僕と神田はびくりとする。

しばらく表情なくゴムハンマーを見つめていた鈴木は、ニヤリと笑って神田に顔を向けた。

「そうですか……あなた、『大人になろうぜ』の方でしたか。役者さん？」

「いや、なんと言いますか……。まだまだ駆け出しの者でして……。いや、お恥ずかしい」

指先で汗を拭き、神田は愛想笑いを浮かべて鈴木に尋ね返した。

「……そういうそちら様も、どちらか、劇団の方でいらっしゃるんですか？」

「いえいえ、私はただのトラに過ぎません」

トラ？——相変わらず意味不明な鈴木の反応に僕は首をかしげる。

「ああ、トラね。トラですか」

一瞬の間を挟み、神田は愛想良く相槌を打つ。

僕は尋ねてみる。

「トラ……。鈴木さん、阪神ファン……なんですか？」

「いやいやいや——」馬鹿にしたような笑顔を僕に向け、鈴木は「面白いですね、この人」と神田に声を掛けた。

「ええ、本当に。面白い人だなぁ……ハハハ」

にこやかに同意する神田に、僕は問い掛けの視線を向ける。

僕の催促のまなざしに、神田は口元に左手を持ち上げ、杯を傾けるようなゼスチャーを見せた。

「トラと言えば、これですよね。これ。……ねえ」

神田はちらりと鈴木を見やる。

「そうそう――」神田の仕草を真似て、鈴木も左手を口元に動かす。

「トラと言えば酒呑み。左利きとも言いますねえ。……僕はいつも下北で管を巻いている、左利きの大トラ野郎です。……ガオー」

両手を頭上に挙げ、鈴木はやる気のないトラの真似をして見せた。

「ガオー」

間の抜けた威嚇のポーズを、鈴木は僕と神田に交互に向けて見せる。

神田も鈴木の真似をして「ガオー」と言って両手を頭上に挙げた。

トラの真似をする二人の大人を、僕はしばらく呆然と眺め続けた。

「さて――」両手を下ろし、鈴木は素に戻った。

「そろそろ劇場の設備を確認させてもらいますか。……神田さん、あなたもそのために来たんでしょう?」

「あ、はい……。そうですね。そろそろ」

「――じゃあ、案内して下さい」

じっと僕を見て、鈴木は肩に掛けたバッグにゴムハンマーを仕舞った。

ちらりと見えたバッグの中には、ゴーグルのようなものや粘着テープのようなもの、他にもなんだかよくわからない奇妙な道具が沢山入っていた。

4

外はまだ激しい雨だったので、僕たち三人は正面からの外回りではなく、横丁側の通用階段を上ってコマ劇場のバックヤードに入った。

ドア横のスイッチでバックヤードの蛍光灯を点け、僕は二人を先導して室内へと進んだ。

「新人なので、まだちゃんと説明が出来なくて申し訳ないんですが……」

がらんとしたバックヤードの中央あたりで僕は立ち止まった。

振り返り、出入口の方を見た僕は思わず首をかしげた。

「……鈴木さん、何してるんですか？」

僕のあとに付いて来ている神田と違って、鈴木はドアの前に立ち止まってこちらに背中を向けていた。鈴木はドアノブに手を掛け、カチャリ――と音を響かせた。

鈴木はドアに鍵を……掛けている？

振り返った鈴木は壁のスイッチに掌を乗せた。

暗転。

蛍光灯が消え、バックヤードも、舞台も、客席も、コマ劇場の中は完全な暗闇になった。

「え？　なんだ？　なんだ？」

神田の慌てふためく声が響いた。

ドアの方からはガチャガチャと金属がぶつかり合うような音が聞こえてくる。

これはきっと、鈴木がバッグの中から何かを取り出している音だ――。

「鈴木さん、一体何のつもりですか？　ふざけるのもいい加減にして下さいよ……」

「――ふざけちゃいません。新人君には巻き込まれてお気の毒だが、まぁ、運が悪かったと思って諦めて下さい」

「な、なにを……」

言いかけた僕の目の前、闇の中、ぼんやりと小さな明かりが灯った。

それは神田が開いた携帯電話のバックライトだった。

光る液晶を出入口の方に向け、神田は「うわぁっ！」と驚きの声を上げる。

――――！

同じく僕も息を呑んだ。

神田の向こうの闇の中、鈴木は双眼鏡のようなゴーグルを顔に着けて立っていた。

黒ずくめの格好のせいで、まるで首だけが闇の中に浮かんでいるように見えた。

「わわわわわ……」

震える声を上げ、神田は僕の方に向かって逃げて来た。神田の巨体に押し出され、僕も慌てて逃げ出した。

下手側の出入口から舞台の上へ、僕と神田は転げるように飛び出した。

舞台の上、光る携帯電話を水戸黄門の印籠のようにかざし、神田はあたりの様子をうかがった。

「神田さん、光のせいで相手に居場所がわかっちゃいますよ！　ライトは消した方が……」

「いや、奴が頭に着けてたのは多分暗視スコープだよ。暗闇でも、あっちにはこっちの姿が見えてるはずだ」

「……たしかに丸見えだねぇ」

僕たちの真横で低い声が響き、神田は「わぁっ！」と叫んで飛び上がった。

咄嗟に神田が向けたケイタイの光で、闇の中に奇妙なゴーグルを着けた鈴木の首が浮かび上がった。

「ヒャッ！」

悲鳴を上げて後退した神田の巨体に突き飛ばされ、僕は低い舞台から客席へと転げ落ちた。

驚いた拍子に手がすべったのか、鈴木に振り払われたのか、神田のケイタイが客席の中央へと飛んで行く。

「やめろ！　やめてくれ！」

舞台の上では神田の悲痛な絶叫が響いている。

遠くの座席の下に落ちたケイタイの光を目指し、転んだ僕は匍匐前進で客席の中央通路を進み始めた。

希望の光にあと少しまで近づいた時、しかし、無情にもバックライトの点灯時間は切れてしまった。

暗転。

再び真っ暗闇になったコマ劇場に、徐々に弱々しくなってゆく神田の「やめろ！　やめろ！」という悲鳴だけが響く。

どうすればいいのか――。

うずくまって考え、そして僕は今日近松さんに劇場を案内してもらった時のことを思い出した。

そうだ、あの言葉だ――。

客席の中央で立ち上がり、僕は大きな声で呪文を唱えた。

「――ルーモス！」

しかし、劇場の明かりは灯らない。

声が小さくて、照明室にある全点灯リモコンにまで届かないのか？

僕は一層の大声で呪文を繰り返した。

「ルーモス！　ルーモス！　……ルーモス！」

しかし明かりは灯らない。

渾身の力を込めて、僕はもう一度叫んだ。

「――ルーモス！」

とその時、パッと辺りが明るくなった。

近松さんが明かりを灯した時と同じように、舞台、客席、コマ劇場の全ての照明が灯った。

目の前、舞台の上には暗視スコープを装着した鈴木。そして、その足元には粘着テープでグルグル巻きにされた神田が横たわっていた。

珍妙な舞台を呆然と眺める僕の背後で、聞き覚えのある低い声が響いた。

「……お前たち、一体何をしてるんだ？」

振り返ると客席後部のドアの外、ズブ濡れの近松さんがリモコンを高く掲げて立っていた。

5

「どいてくれ。そこは俺の席だ」

乾いたジャージに着替え、タオルで頭を拭きながら事務所に戻った近松さんはロッキングチェアにふんぞり返る鈴木を冷ややかに見下ろした。

「嫌だね。本当は俺がここに座るはずだったんだ。本当は俺がここの支配人になるはずだったんだ」

「引越し代をもらって喜んで出て行ったのはお前じゃないか。半壊したアパートに住み続けてたから、俺は強制的にここに移住させられたんだ」

「だからって劇場支配人になるか、普通？　お前は運が良すぎるんだよ。……憎い！　心の底からお前が憎い！」

「あの……」言い合う二人を遮って、僕は恐る恐る声を出した。

「その方は、結局、どちら様なんでしょうか？」

部屋の隅の二人はデスクの僕に顔を向けた。

「この方は俺の昔のアパートの隣人で、業界では知らない人はいない有能な舞台監督、鈴木松男《まつお》様、愛称スズマツだ。……名乗りもしなかったのか？　こいつ」

「いえ、鈴木さんとは名乗ってくれましたけど……」

ふーっ――と呆れたようにため息をつき、近松さんは再び鈴木を見下ろした。

「舞台監督というのは非常に高いコミュニケーション能力が求められる職業だ。劇場と劇団、役者と裏方、それぞれを綿密に繋いで芝居を成功させなければいけないんだからな。……スズマツはそんな能力が人一倍あるにも関わらず、初対面の相手には正体を見せず、のらりくらりと煙に巻く悪いクセがある。それで相手との間合いを測っているつもりなのかもしれないが、せめて、新入りの劇場職員ぐらいには普通に接してもらいたいものだ」

「わかってないなあ、近松君は。新入りだからこそ、遊びたくなるんじゃないか……」

こちらに顔を向け、鈴木は乾いた笑みを浮かべた。

「けど、捕り物に巻き込んじゃったのは悪かったね。あいつ、力だけはありそうだったし、どんな凶器持ってるかわかんなかったからさ、こっちに有利な暗闇で畳む必要があったわけよ」

捕り物――。

粘着テープでぐるぐる巻きにされた神田は、駆け付けた警官に自分が連続空き巣犯であることを涙ながらに自供し、粘着テープからの解放と保護を求めた。暗視スコープの男に暗闇で襲われたのが、きっと、よほど恐ろしかったのだろう。

けど、しかし――。

「鈴木さんはどうしてあの人が空き巣だって判ったんですか?」

「だってさぁ――」ニヤニヤと鈴木は言う。

「斎藤君に頼まれて、俺は今、大人になろうぜの次の公演の舞台監督やってるのよ。彼の劇団にあんな奴いないし、なのに劇団員のふりしてたし。それに、わざと業界の言葉で話しても全然わかってなかったしね」

「業界の言葉?」

「俺、劇団の人間じゃなくてトラだって言ったでしょ? トラは『エキストラ』のトラ。

劇団の所属じゃなくて客演とか外部委託のスタッフとかの意味。自分は使わなくても聞いたことぐらいはあるだろうから、さすがに酒呑みの『トラ』と間違えるのは、業界人としてどうかと思うわけよ」

ちらりと近松さんを見上げ、鈴木は続けた。

「それに、近松君の意地悪な『積ん読トラップ』に引っ掛かってる時点で、勝手に人の家に忍び込んだコソ泥に違いないでしょうよ」

「ああ、たしかに……」

近松さんのことが大好きな「ブタカンさん」だから、近松さんの部屋に入ろうとしていた……ぐらいに思い込んでいたけど、言われてみればたしかにその通りだ。

「けど、じゃあ、ブタカンさんっていうのは……」

「君、あの男よりも業界の言葉を知ってるね。ブタカンは俺のこと。舞台監督――略してブタカン」

「そうだったんですか……。連続空き巣犯が黒ずくめの格好をしてるかもしれないって回覧板で読んだんで、僕はてっきり……」

鈴木の真っ黒な姿を、僕は改めて眺める。

ニヤニヤしている鈴木に代わって近松さんが口を開いた。

「舞台監督は暗転した舞台に出て緊急の対応をしなければならないこともある。舞台の闇に紛れることが出来る黒子のような真っ黒な格好――それがスズマツのユニフォームだ。いざという時のために普段着の色まで徹底している点は、俺も純粋に偉いと思う」

うんうん——と満足そうに頷き、鈴木は自慢げに言う。

「少しは解ってるようだね、近松君も。……まぁ、世にブタカンは大勢いれども、すぐに道具を補修できるようにゴムハンマーを常備したり、暗転中の安全確認のために暗視スコープを使ったり、そこまで徹底してるブタカンは俺ぐらいのものだろうね」

「うん。偉い。鈴木松男は日本一の舞台監督だ。……だからそこをどいてくれ」

「嫌だね。ちょっと褒めてくれたからって、俺の憎しみは絶対に消えはしない——」

「歪んだ憎しみは心に毒だぞ。どけ。さっさとどけ」

鈴木はロッキングチェアの肘掛にしがみつき、近松さんはそれを力ずくではがそうとしている。仲良し二人の闘いが、どうやら再開したようだ。

嫌い嫌いも……きっと、二人の仲は大人になろうぜの斎藤氏の言う通りなのだろう。

傍観者を決め込んで揉み合う二人を眺めていると、近松さん越しに鈴木が僕に視線を向けた。

「そういえば、君、さっきのあれ、なんだったの？」

「あれ？　……なんのことですか？」

「大声で言ってたやつ。ルーモス！　……だっけ？」

「ああ……あれは劇場の照明を全点灯させる呪文です。音声認識？　みたいな？」

「……」

揉み合うのをやめ、近松さんはゆっくりとこちらを向いた。

「本気で言っているのか？」

「え？ 違うんですか？」

「そんなものあるわけないだろ。あれはリモコンを使う時の俺のただの口ぐせだ」

「えっ！」

驚く僕の顔を見て、鈴木はぷぷっと吹き出した。

「ルーモス！ ルーモス！ ルーモス！ ……真に迫ってたよ。君、スタッフじゃなくて役者になった方がいいんじゃないの？ ハハハハ……」

僕の顔は今、多分赤くなっているだろう。

やれやれ――近松さんはため息をついて僕を眺めた。

「素直なのはいいことだが、あまり素直すぎるのも考えものだぞ。スズマツみたいなひねくれ者が一緒だったから良かったものの、もし一人だったら、どれだけ丁寧に空き巣をおもてなししていたことか……」

「……すいません」

「まあ、いい。そんなことより次の仕事だ、タケミツ」

「え？ ……タケミツ？」

「お前の愛称だ。今俺が決めた。竹本のタケに、光汰朗の光《ひかり》でミツ。……人を切れない、竹で出来た安全な刀――お前にぴったりだろ？」

「はあ……」

馬鹿にされているような気もするけど、新しい呼び名ができたのはなんとなく嬉しい。

僕は素直に応えた。

「……次の仕事、なんですか？」

近松さんはロッキングチェアに向き直り、肘掛にしがみつく鈴木を指さした。

「俺と一緒に、スズマツをこの席から引きずり下ろす！」

「はい！」

椅子を立ち、今日一日の恨みを込めて、僕は目を丸くするスズマツさんに飛びかかった。

（了）

シルヤキミ

こころもあらぬ
あきどりの
こえにもれくる
ひとふしを
シルヤキミ

ふかくもすめる
あさじほの
そこにかくるる
しらたまを
シルヤキミ

あやめもしらぬ
やみのよに
しづかにうごく
ほしくづを
シルヤキミ

まだひきもみぬ
をとめごの
むねにひそめる
ことのねを
シルヤキミ

作詞　島崎　藤村
作曲　ＡＫＩＲＡ

ACT 3 シルヤキミ

DO YOU KNOW?

1

「知ってます？」

ＣＤの再生が終わり、ヨウコちゃんは小首をかしげてロッキングチェアの近松さんとデスクの僕を見比べた。

ヨウコちゃんが座るソファーの後ろ、執事のように直立していたダイクさんはＣＤプレーヤーに近づいて再生ボタンをもう一度押す。会話の邪魔にならない程度のボリュームに絞られ、コマ劇場の事務所にバンド演奏とハスキーな女性歌手のライブ録音が再び流れ始めた。

「知らないな。……しかし、どうして俺が知っていると思うんだ？」

「友だちから聞いたんです。先月、センナリの舞台でシャーロック・ホームズの役を演った女優の子なんですけど……。消えた指輪を、近松さんがそれこそホームズみたいに見つけてくれたって。だから、このめちゃくちゃカッコいい歌手のことも、もしかしたら知ってるか、うまく見つけてくれるかもしれないと思って……」

「俺の仕事は、そういうのではないんだがな」

不機嫌そうに頰づえを突く近松さんに、ヨウコちゃんを連れて来たダイクさんは取り持つように口を開いた。

「まあまあ。近松さんも俺も、いつもヨウコちゃんにお世話になってるんですし。いい服が入ったらこっそりよけてもらってるんでしょ？　今日のジャージも、多分ヨウコちゃんのお見立てなんじゃないんすか？　ケチなこと言わずに、こないだみたいにチャチャッと見つけてあげて下さいよ」

大きめのTシャツをお洒落に着こなすヨウコちゃん――彼女は近松さんとダイクさんが常連の古着屋の店員なのだという。昼休みに寄った古着屋さんで相談を受け、ダイクさんは彼女をコマの事務所に連れてきてあげたのだ。

近松さんは苛つくようにロッキングチェアを揺らし始めた。

「しかし、知らないものは仕方ないだろう。ＣＤのケースがあるんだったら、そこに何か書いてあるんじゃないのか？」

「それが……。こんな感じなんすよね」

ＣＤケースを手に、ダイクさんはプレーヤーの前から近松さんの前に進んだ。

受け取ったケースを眺める近松さんにダイクさんは説明した。

「インディーズCDですらない、多分ライブでの一曲をCD‐ROMに焼いただけの手作りCD。ジャケットも絵ハガキみたいな厚紙を切って差し込んでるだけ。……そのハガキの裏に書かれてる情報も、たったそれだけなんですよね」

「ふーん」

興味なさげに言い、近松さんはダイクさんにケースを返した。

バトンを繋ぐように、ダイクさんはデスクの僕にそれを手渡してくれる。

受け取ったケースを僕も眺める。

売り物の音楽CDではなく、CD‐ROM一枚用の薄いプラスチックケース。

ジャケットにはダイクさんの言う通り、正方形に切られた絵はがきらしきものが差し込まれている。それは博物館のおみやげショップに売っているような日本画のプリントで、銀色の背景、画面の下の方にしだれる緑の草と白い花が描かれている。ロックと日本画はアンバランスだけれど、だからこそ意味深というか、一周回ってかっこ良く見えなくもない。

表には他に何も書かれていないので裏返してみる。

ジャケットの紙の裏には「シルヤキミ」というタイトルらしき言葉（歌の中で何度も「シルヤキミ」と繰り返されていたので、きっとそれが曲名なのだろう）、「作詞　島崎藤村」「作曲　ＡＫＩＲＡ」そして一番下に小さく「地下室　90／5／5」と、録音の場所と日付（？）らしきものが書かれていた。

ケースから読み取れる情報はただそれだけ。あとは今事務所に流れているハスキーな女性の歌声、耳に残る印象的なメロディー、そして何を言っているのかよくわからないけれど、とにかく美しい言葉ということだけは理解できる歌詞だけが手掛かり……いや、謎そのものだった。

チェアを揺らすのを止め、近松さんは言った。

「ヨウコちゃんのお役に立てそうになくて心苦しいが、とりあえず、どうしてこのＣＤについて調べようとしているのかだけは聞かせてもらおうか」

「はい——」ヨウコちゃんは頷いた。

「こないだお店を掃除してる時、ＣＤラックの裏のデッドスペースにはまり込んでいたのを見つけたんです。ジャケットも手作りみたいな感じで、なんだろう？　と思って聴いてみたらもの凄くいい曲で、ボーカルの声も並みのレベルじゃない、手作りの一枚ものＣＤとはとても思えないこのクオリティー。……でも、録音されてるのは『シルヤキミ』ってタイトルの一曲だけ。この歌手は誰なのか、他にどんな曲があるのか、それから気になって気になって、夜も寝られなくなっちゃって……」

「そんなことが理由なのか？」

「はい。私、気になりだしたらとことん気になっちゃうタイプなんです」

「ＣＤの持ち主に尋ねれば済むんじゃないか？」

「うちのお店、バイトが自分のCDを持ってきてお店で流してOKなんで、焼き鳥屋さんの秘伝のタレみたいに歴代バイトのCDが沢山溜まってるんです。今のメンツに聞いても持ち主はいなかったし、店長に聞いても持ち主の見当はつかないみたいだったし、結構古いCDみたいだから、一人一人、歴代バイトに当たって探すのも難しそうだし……」

少し考え込む様子を見せ、ヨウコちゃんは続けた。

「それに、ラックの裏にピッタリはまっちゃってて、探そうと思って簡単に見付けられる感じじゃなかったんですよね。たまたま運良く見つけられたっていうか……。だから、元の持ち主も単に置きっぱなしで辞めた訳じゃないと思うんです。複製ができるCDとはいえ、ジャケットも手作りで、すごくいい曲一曲だけしか入ってなくて、そのバイトの人にとってもきっと大事なものだったに違いないと思うんで、だから、出来ればこのCDも持ち主に返してあげたくって……」

「じゃあ、歌手と持ち主、両方見つけたいということか……。ヨウコちゃんは欲張りだな。ますます俺の仕事ではない」

「あ、でも――」食い下がるように、ヨウコちゃんは身を乗り出した。

「もちろん、自分でも探してはみたんですよ？　持ち主についてはバイトの先輩を辿れるだけ辿って聞いてみたんですけど、やっぱり、そんな最近の人じゃないみたいで。CDに書いてある『地下室』っていうのも、調べてみたら90年まで下北にあった有名なライブハウスみたいで、多分これ、そこで録音された音源なんじゃないかと思うんです」

ダイクさんは僕のデスクにもたれかかり、近松さんとヨウコちゃんの会話に加わる。

「下北で活動してたバンドなんすかね？」

「私もそう思って、下北に関係があるバンドで『アキラ』って名前を検索してみたんですけど、今人気のＲＩＳＥ・ＩＮ《ライジン》のボーカルぐらいしかヒットしなくって……」

「じゃあそのアキラなんじゃないの？」

「アキラの歳は二十代後半みたいです。ジャケットに書かれている『90／５／５』っていうのが１９９０年のことだとしたらまだ子どもだったはずですから、残念だけど違うと思います」

「ふーん」

言いながら手を伸ばしてきたダイクさんに、僕はＣＤケースを返した。

ケースの裏を見ながら、ダイクさんは近松さんに言った。

「じゃあ、まずは俺がチャッと推理してみてもいいですかね？」

どうぞお好きに――とでも言うように、近松さんは黙って頷く。

えへんと咳払いをし、ダイクさんは僕たちを見渡した。

「まず、このバンドはメンバーが少なくとも四人以上いますね。一人はボーカルの女性、そして曲を書いたアキラ、そして、詞を共作した島崎と藤村《ふじむら》の二人――」

えっ――と声こそ出なかったものの、僕も、近松さんも、そしてヨウコちゃんも、驚いてダイクさんの顔を見た。

「え？　なんすか？　……間違ってます？」

説明を促すように、近松さんはちらりと僕を見る。その視線に気づいたダイクさんにもじっと見つめられ、僕はいやいやながら口を開いた。

「作詞は島崎と藤村なんじゃなくって、詩人の島崎藤村《とうそん》の詩に曲をつけてる……ってことなんじゃないですかね？」

「あ——」

その名前を思い出したように丸く口を開き、ダイクさんは引き攣った笑みを浮かべた。

「嫌だなぁ。冗談ですよ、冗談。そうか、島崎藤村だったのか。どうりで、いい感じのバラードなのに妙に言葉が難しくって、なんかV系みたいだなぁと思ってたんすよね」

照れを隠すように、ダイクさんはCDジャケットの裏を凝視して続けた。

「じゃあ、作詞のアキラと歌手の女性シンガーの二人だけがメンバー確定で、他のメンバーはここからは判らないってことっすね……」

ヨウコちゃんが首を横に振った。

「そうとは限らないですよ。アキラって女の子の名前にも使われますし、この歌手がアキラ本人なのかもしれません」

「たしかにその線もあるか……。アキラって名前で、90年頃に下北で活動してた女性歌手——そんな条件で探してみるってのはどうかな？」

「もちろんそれも検索してみましたけど、特にヒットする感じの人はいませんでした」

「うーん。何か、手がかりはないものだろうか……」

わざとらしく言いながら、ダイクさんは近松さんをちらりと見た。

近松さんは頬づえを突いたまま黙ってダイクさんを見返していたが、しばらくして譲歩するようにため息をついた。

「タケミツ、ケースを見せてくれ」

「あ、はい」

すっかり慣れてしまったあだ名で呼ばれ、僕はダイクさんから受け取ったケースをチエアの近松さんに手渡した。ジャケット裏面の文字を読むでもなく、近松さんはケースをくるくると回転させて表と裏を見比べている。

「……ヨウコちゃん、今人気のその『ライジン』ってバンドはどんな表記だ？　日本語？　英語？」

「英語です。『昇る』のＲＩＳＥにハイフンにＩＮ。多分、風神雷神の『雷神』の音をそれっぽく英語にしただけなんじゃないかって気がしますけど」

「なるほど――」ケースの裏表をくるくると見比べ続けながら、近松さんは言った。

「もしかすると、そのライジンとこのＣＤには、何か関係があるかもしれないな」

「え？　どういうことっすか？」

ダイクさんが大きく身を乗り出したその時、チリリンとドアベルの音が響いた。

事務所の全員が一斉にドアの方に目を向ける。

開いたドアの向こう、夕日の逆光を背に凜々しく立っていたのはセンナリの制作部長、和田奈都子さんだった。

「江本君！　やっぱり、こんな所で油を売って！」

「あ、部長……。すいません」

「すいませんじゃないわよ！　あなた、携帯電話はどうしたの？」

「今日は部屋に忘れてきちゃったんすよ」

「そういうことなのね……。今、スマイル不動産の社長さんから事務所に電話が掛かって来たのよ。あなたの部屋から大音量で音楽が流れてて、お隣さんから苦情だって！」

「あ……。目覚ましのセッティングをミスっちゃったかな？」

「社長さんが部屋の前でご近所さんの対応をしてくれてるみたいだから、急いで音楽を止めに帰りなさい」

「わかりました。はぁ……」

憂鬱そうにため息をつき、ダイクさんは近松さんに顔を向ける。

「俺、あの人恐いんすよ。絶対めっちゃ怒られる……。近松さん、一緒に来てくれませんかね？」

「断る――」きっぱりと言い、近松さんは続けた。

「俺もあの人は苦手だ。前のアパートから有無を言わさず俺をここに移住させたのもあの社長だからな。和田君どころではなく恐ろしい敏腕社長だ」

「何よ、それ――」近松さんに軽く不満を表明し、和田さんは改めてダイクさんに言葉を向けた。

「そんなことどうでもいいから、早く行ってらっしゃい。時間が経てば経つほど、社長さんの怒りゲージが上がっちゃうわよ」

「そうっすね……。じゃあ、タケミツ君、一緒に来てよ。君のばあちゃんのアパートも管理してる地元の会社の社長さんだから、ついでに紹介してあげるよ」

「いえ、勤務中なので結構です」

近松さんでさえ恐れる人に、僕だって不機嫌なタイミングで会うのはまっぴらだ。中断していた資料整理の仕事を僕は再開した。

ダイクさんは卑怯にも近松さんに手を合わせた。

「タケミツ君、ちょっと貸してくれません？　木下家のお孫さんが一緒なら、あの人も少しは手加減してくれると思うんで……。お願いします！」

「そうか。いいぞ。一緒に行ってやれ、タケミツ」

「えっ！」

驚きと非難の声を上げ、僕は目を丸くして近松さんに顔を向けた。

「強引なところは少しあるが、筋を通せば別に悪い人でも恐い人でもない。……そうだ、ついでにこのＣＤの歌手についても聞いてくれればいい。地元に密着した不動産屋の社長だから、下北の人間についても、きっと色々情報を知っているはずだ」

「……」

無言の抵抗をする僕に向かってダイクさんは手を合わせている。ソファーのヨウコちゃんもかわいらしく手を合わせている。そして、和田さんは事務所の入り口付近で腰に両手を当ててじっと僕たちを睨んでいる。

このまま抵抗を続ければ、遠くの不動産屋の社長よりも目の前の和田さんの怒りゲージが先に跳ね上がってしまいそうだ――。

「わかりました……」

僕はしぶしぶ立ち上がった。

2

ダイクさんの後について急いで自転車を走らせていると、静かな住宅街に賑やかなアイドルグループの歌声が聴こえはじめた。ダイクさんの音楽の趣味と目的地が一度に判り、そして僕たちは二階建てのレトロなアパートに到着した。

「す、すいません！」

転びそうになりながら自転車を停め、ダイクさんは仁王立ちするスーツの女性とピンクの髪のTシャツ姿のお兄さんが立つドアの前に駆けて行く。

少し距離をとって、僕も後に続く。

「困りますよ、江本さん！」

「すいません！　明日の朝早いんで先に目覚ましセットしといたんですけど、AM、PM、ボリュームの設定全部間違えちゃったみたいで……」

「前にも同じようなことがありましたよね？　何度も同じ手間を掛けさせないで下さい！」

「すいません！」

手を合わせて二人に謝るダイクさんに、女性は眉間にしわを寄せて言った。

「とにかく、一刻も早く音楽を止めて下さい」

「はい！」

焦った様子で鍵を開け、ダイクさんはドアの中へ駆け込んでいった。

間に立つダイクさんがいなくなり、僕はドアの前の二人と面と向かって対峙した。

不動産屋の社長はおそらく五十代ぐらい。仕事が出来そうなスマートな雰囲気の女性——という意味では和田さんに似たタイプだけれど、長年のキャリアのせいか、それとも今怒っているからなのか、和田さんどころではない貫禄と迫力がひしひしと伝わってくる。

お隣さんらしきピンクの髪のお兄さんは三十歳前後、耳にいくつかピアスを付けて、眉も細く剃っている。なんとなくバンドマンっぽい。

観察する僕を見咎めるように、仁王立ちの社長は眉をひそめたまま言った。

「あなた、どちら様？」

「あ、僕は――」息を整え、僕は続けた。

「江本さんのバイトの後輩で、イーストエンドの木下成子の孫、竹本光汰朗っていいます。いつも祖母がお世話になってます」

「あら。じゃあ神戸から上京してきたっていう、景子ちゃんの息子さん？」

「そうです。……母のこと、ご存知なんですか？」

「ええ……。歳は少し離れてるけど同じ学区だったし、景子ちゃん、美人だから『下北のビビアン・リー』なんて言われて、地元じゃちょっとした有名人だったから」

「ビ、ビビアンリーですか？　そんな馬鹿な……」

はっきりとは知らないけど、それは確か、とんでもなく綺麗な女優の名前だったはずだ。

「ふふふ――」一気に表情を和らげ、社長は続けた。

「母親なんて、息子にとって母親以外の何ものでもないものね」

静かになった部屋からダイクさんがそっと顔をのぞかせた。

社長と僕が穏やかに会話する様子を確認し、安心した様子でダイクさんは廊下に戻った。

「いやぁ……本当にすいませんでしたねぇ」

ダイクさんは頭を掻きながら謝った。穏便に済ませようという魂胆が丸見えのダイクさんに、社長は瞬時に真顔に戻る。

「江本さん、私の怒りをかわすため、木下家のお孫さんを連れて来ましたね」

「ひっ！」

図星を指されたダイクさんは奇妙な叫び声をあげた。

「特別うるさいことを言うつもりはありませんけど、ご近所さんに迷惑をかけるようなことだけはしないように、それだけは本当に気を付けて下さい」

「はい、本当にすいませんでした……」

あらためて社長に謝り、そしてピンクの髪のお兄さんにも頭を下げる。そんなダイクさんに、ピンクの髪のお兄さんは少しばつが悪そうに頭を掻きながら言った。

「まぁ、普段気分よく音楽聴く分にはお互い様だから全然いいんだけどさ、留守の時に自分でも聴かないほどのボリュームでタイマー掛けるのだけはやめてよ。隣の俺だけじゃなくて、ご近所さんもみんなびっくりして部屋から飛び出してきてたよ？」

「はい。今後絶対にないように気を付けます」

「OK。よろしく」

すんなり謝罪を容れてくれたお兄さんの様子を確認し、社長も「ふーっ」と緊張を解いた。

「……ということですから、よろしくお願いしますよ、江本さん」

一件を落着させ、社長は僕の方を見た。

「ということであらためて、私はスマイル不動産の社長をしている金田百合《かねだゆり》です。今後ともどうぞよろしく」

「こちらこそよろしくお願いします。ご挨拶ができて良かったです」

「ここに来たのはやっぱり、私の怒りをかわすために江本さんに頼まれてのことだったのかしら？」

「あ……」

不意に言われて僕は固まる。

ダイクさんは取り繕うように社長と僕の顔を見比べた。

「いや、せっかくだから彼に社長を紹介しようと思いまして……。それに、下北に詳しい社長に、彼、是非お聞きしたいことがあるそうなんですよ。だよね？　タケミツ君」

「あ、ええ。まぁ……」

「何かしら？　お母さんの若い頃の話？」

「いえ、そんなんじゃなくて……。漠然とした話で申し訳ないんですけど、昔、下北で『シルヤキミ』って歌を歌ってた女性歌手について、何かご存知じゃないでしょうか？」

「え――？」

困ったような、再び怒ったような硬い表情を浮かべ、社長は僕とダイクさんの顔をゆっくりと見渡した。

何かまずい話を振ってしまったのか――と焦る様子でダイクさんは早口で言った。

「あ、いや、その……。ちょっとその歌手を探してる人がいまして……。コマ劇場の支配人が言うには、その歌手、ライジンっていうバンドと何か関係あるみたいなんですけど……」

「近松君が？」

「はい。詳しく話を聞く前にこっちに来たんで、ライジンとどう関係があるのかまでは判らないんですけど」

「……」

しばらく黙って、社長は独り言のようにつぶやいた。

「ライジンっていうよりも、その反対だと思うんだけどね……」

「ライジンの反対？」

ダイクさんは首を傾げた。

その場を去り損ねていたピンクの髪のお兄さんが口を挟む。

「ＲＩＳＥ‐ＩＮの反対って言ったらＦＵＳＥ‐ＩＮ《フージン》なんじゃねえ？」

「フージン？」

首を傾げる僕に、お兄さんは親切に答えてくれた。

「ＲＩＳＥ‐ＩＮとＦＵＳＥ‐ＩＮは下北出身、ボーカル同士が幼馴染みで、でも今は犬猿の仲のバンド。それぞれシモキタの再開発の賛成派と反対派の代表みたいになって、そんなことに興味ない俺たちも、なんだかやっかいな対立に巻き込まれそうな感じになってきてるんだよね」

「そうなんですか？」

確認の眼差しを向けた僕に、社長は眉をひそめて歯切れ悪く答えた。

「たしかに、そんなことになっているみたいね」

曇ってゆく社長の表情と反比例するように、ダイクさんは瞳を輝かせてお兄さんを見つめる。

「山田《やまだ》さん、そいつらとはバンドマン仲間なんでしょ？　ライジンかフージンのメンバー、俺たちに紹介して下さいよ」

ピンクの髪のお隣さんは山田さんという名前らしい。ダイクさんに見つめられ、山田さんは困ったように答えた。

「まぁ、知り合いっちゃ知り合いだけど……。ＦＵＳＥ－ＩＮのベースのタクヤって奴がライブハウスでバーテンのバイトしてるから、そこに行けばとりあえず会えるとは思うけど？」

「なんてハコですか？」

「シモキタ・ベースってとこ。今の時間なら、もう開店準備で店にいるんじゃないかな」

「マジっすか？　……タケミツ君」

「はい？」

「急いでそこに向かおう、オープン前の方が迷惑じゃないだろうし」

「たしかに、そうかもしれないですね」

「……ってことで、もう失礼してもいいでしょうか？」

ダイクさんは高めのテンションで社長と山田さんの顔を見比べた。

「ああ、俺はもういいよ」

「これからはくれぐれも気を付けて下さいよ」

二人の答えを確認し、ダイクさんは大袈裟なほど深く頭を下げた。

「はい、ご迷惑掛けてすいませんでした！　じゃあ、失礼します！」

行こう、タケミツ君――そう言って、ダイクさんは自転車の方へ早足で駆けて行った。

＊

「社長さんや山田さんに、もうちょっと詳しく話を聞いた方が良かったんじゃないですかー？」

はぐれないようにペダルを漕ぎながら、僕はスイスイと前を走るダイクさんに声を掛けた。

「いいのいいの。こういうのはつかんだ情報をどんどんたどっていく方が効率がいいんだよ。『わらしべ長者方式』みたいな？　まぁ、早くあそこを離れたかったってのはあるけどさ。それに、できれば近松さんよりも早く謎を解いて、ヨウコちゃんにいいところ見せてあげたいしね」

「はあ……」

ヨウコちゃんの相談をわざわざ近松さんに取り次いであげて、前のめりに協力しているダイクさんにはそんな下心があったのか――。

人通りの多い駅前通りを少し走り、ダイクさんは居酒屋が数軒入った雑居ビルの脇に自転車を停めた。僕も続いて自転車を降りる。『シモキタ・ベース』と書かれた看板の下、地下へと伸びる階段をダイクさんはリズミカルに下って行った。

「早いですね。今日最初のお客さんですよ」

丸テーブルが並んだ薄暗いフロアの端、バーカウンターの中の黒髪のイケメンが微笑んだ。

「いや、お客さんってほどではないんすけど……。フージンのタクヤさんって人がいたら、ちょっとお話を聞きたいなーって思って」

「タクヤは俺ですけど……。ご注文は？」

「じゃあ、コーラを。タケミツ君は何にする？　おごりはしないけど」

「あ、じゃあ僕はジンジャーエールをお願いします」

軽く頷き、タクヤはカウンターの中でドリンクの用意を始めた。

腰を下ろしたスツールを回転させ、ダイクさんは背後の薄暗いホールとステージを見渡した。

「年季の入ったいいハコっすね。俺たちのバイト先も古いハコなんで、なんか落ち着きますわ」

「そうなんですか。どちらのハコですか？」

「ハコって言ってもジャンル違い、演劇のハコなんすけど……イーストエンドのザ・センナリって知ってます？」

「ああ、センナリさんですか。下北にいる人間が知らない訳ないですよ。演劇はあんまり詳しくないですけど、そんな俺でもわかる超老舗、小劇場芝居の聖地ですよね」

「いやぁ、それほどでも……」

嬉しそうな笑みを浮かべ、ダイクさんはスツールをくるりとカウンター側に戻した。

「俺も音楽のことはあんまり詳しくないんすけど、昔下北にあった『地下室』ってハコ、知ってます？」

「もちろん知ってますよ。上の世代の人たちは、今でも下北一のハコだって語る人が多いですよ」

「１９９０年に、そこで『シルヤキミ』って歌を歌ってた女性歌手か、その曲を作曲したアキラって人を、実は俺たち探してるんですよ。知りません？」

「シルヤキミ？　……なんですか？　それ」

コーラとジンジャーエールのグラスをカウンターに置き、タクヤは首を傾げた。

「詩人の島崎藤村の詩をそのまま歌詞に使ってるみたいで、『君、知ってる?』『ドゥーユーノウ?』みたいな意味のタイトルらしいんすけど、それぐらいしか情報のない手作りのCDが、うちの事務所に持ち込まれたんすよね」

「探偵事務所みたいなこともやってるんですか? センナリは」

タクヤは冗談めかして微笑む。

「……彼の上司が、まぁ、そんな人なんすよ」

ちらりと僕を見遣り、ダイクさんはコーラを飲む。二人の視線を受け、僕もジンジャーエールを口に運んだ。バー黒蜥蜴の本格的なジンジャーエールとは違い、それはいつもの普通のジンジャーエールだった。瓶から注いだだけなので当たり前だけど。

僕らを眺め、タクヤは尋ねた。

「で、その歌手ってどんな歌手なんですか?」

「ハスキーまではいかないけど、ちょっと低めで、パワーはあるのに優しい声っていうか……。あ、CD持ってくれば良かったな。ねぇ、タケミツ君」

「そうですね」

ここに向かっている時、僕はすでにそう思っていた。しかし、CDも持たずに慌てて事務所を飛び出したのはダイクさんだ。

「さすがにそれだけじゃ何もわからないけど、でも、なんで俺にそれを聞きに来たんですか？」

「ちょっと話がややこしいんすけど、アキラって作曲者の名前から、ライジンのアキラが関係あるかもしれないって話になって、下北に詳しい人に聞いてみたら、ライジンよりもその反対のフージンの方に関係あるかもって話になって……それでタクヤさんに会いに来たって感じなんす」

不思議そうにタクヤは首をかしげた。

「たしかに、ＲＩＳＥ‐ＩＮの曲はほとんどアキラが書いてるはずだけど、探してる歌手って90年代の人なんですよね？　その頃俺らはまだ小学生だったから、さすがに関係ないと思いますよ？」

「俺もそう思うんですけど、彼の上司が……」

ダイクさんは再び僕をちらりと見る。

「詳しい話を聞く前に事務所を出たのはダイクさんじゃないですか」

こんがらがった話を近松さんのせいにしようとするダイクさんに僕は抵抗した。詳しいことがよくわからないまま雑な『わらしべ長者方式』でここまで突っ走ってきたのは、ヨウコちゃんのために張りきるダイクさんだ。

不思議そうに僕たちを眺め、タクヤは言った。

「けど、ＲＩＳＥ‐ＩＮのアキラから俺たちに話が飛び火するってのがよく解らないなあ。たしかに、うちのボーカルのマコトはアキラと幼馴染で昔は仲が良かったみたいだけど、五、六年前に仲違いして今じゃ犬猿の仲だし、どこがどうつながればその歌手と俺らがリンクするのか……」

「そうなんですか？　下北の再開発の賛成派と反対派って理由で対立してるのかと思ってましたけど、その前から仲が悪かったんですね」

「ああ、知ってました？　そりゃそうか。お宅のハコも再開発に無関係じゃないですもんね」

「まぁ、イーストエンドは建物自体かなり古いんで、うちの人たちはハコの老朽化と再開発、どっちが先かって感じで暢気に構えてるみたいですけど……。ところでライジンとフージン、どっちが賛成派でどっちが反対派なんですか？」

「俺らFUSE‐INが反対派『下北の街を守るバンドの会』の代表。アキラたちRISE‐INが再開発推進派の『町との未来を考える会』の代表です。……正直俺はなるようになると思ってるんで、本当はそれほど反対って訳でもないんですけどね」

「やっぱり、マコトさんとアキラさんの対立が原因で、それぞれの陣営に分かれた感じなんすか？」

「そういう側面は、まぁ、なきにしもあらずですかね――」

気まずそうな笑みを浮かべ、タクヤは仕切り直すように言った。

「……そんなことはともかく、その探してる歌手について、他に何か手掛かりはないんですか？　俺もなんだか気になってきちゃいましたよ」

「手掛かりって言うなら、その曲を聴いてもらうのが一番早いとは思うんすけど……」

「僕、CD取ってきましょうか？」

「いや、今でも結構耳に残ってるから、あの独特な歌詞さえわかればとりあえず歌うことはできそうなんだけどな……。パソコンかスマホで、島崎藤村の『シルヤキミ』って詩、検索できないっすかね？」

「ああ、いいですよ――」

ダイクさんに頼まれたタクヤはポケットから取り出したスマホを操作し始めた。

「あ、ありました。これですよね？」

タクヤが差し出した画面をのぞき込み、ダイクさんは大きく頷く。

「そう、これこれ。……えーっと、『こころもあらぬ秋鳥のー……ウウウ、ウウウウ、ウウウウウ……シルヤキミ』そうそう、こんな感じです。『ウウウウウウーウウ、シルヤーキーミー』……」

結局難しい言葉は全部『ウ』に置き換えてしまったけれど、ダイクさんが口ずさんだメロディーはあの曲をたしかに再現できているように思えた。

「ウウウウーウウ、シルヤーキーミー……」

再現できたのが気持ちいいのか、ダイクさんは首を縦に振りながらサビの部分を何度も繰り返し口ずさんだ。こんな感じだよね？　と確認するようにドヤ顔をこちらに向けて来るので、僕もリズムに合わせて首を縦に振って肯いた。

「……って感じっす。聞き覚えとか、ありません？」

リズムに乗るのをやめ、ダイクさんと僕はカウンターに顔を向けた。

「……」

意外にも、タクヤは顎に手を添えて深刻な表情で考え込んでいる。

「どうしたんすか？」

「……」

しばらく黙り続け、タクヤは僕たちにシリアスな顔を向けた。

「『シルヤキミ』って、『ドゥーユーノウ？』みたいな意味なんですよね？　それって確かなことですか？」

「はい。そのはずです」

「それ、本当に90年に録音されたCDなんですよね？」

念入りに確認するタクヤに、ダイクさんは怪訝そうに頷く。

「1990年に地下室のライブで録音されたものみたいなんですけど……。どうしたんすか？　何か気になることでも？」

「うーん……。だとしたら、結構まずいな……」

タクヤはなかば独り言のようにつぶやいた。

「――？　何がまずいんですか？」

「今聞いてて思い出したんですよ。RISE‐INの新曲に『DO　YOU　KNO

W』って曲があるんですけど、今の、多分それと同じ曲なんじゃないかと……」

「え?」

思わず声を上げた僕とダイクさんの顔をじっと見つめ、タクヤは声をひそめて言った。

「RISE-INの新曲の中でも結構人気の曲のはずで、作曲は当然アキラだったと思います。もし、90年にその曲がこの世に存在していたとしたら……」

「……盗作!」

ダイクさんは反射的に声を上げた。周りに聞いている人がいる訳ではないけれど、大声を上げてしまった反動で、僕たちはなんとなく身を乗り出して互いに顔を寄せ合った。

「同じ下北のバンドマンとして、そんなことはさすがにあって欲しくはないですけど……。たしかその曲が入ったアルバムがうちの店にもあるはずなんで、聴いてみます?」

「お願いします。俺が音痴で、たまたま似たように聞こえただけかもしれないし……。なぁ、タケミツ君」

「……そうですね」

その可能性は低いように思われたけれど、全くゼロという訳ではない。

「探しますから、ちょっと待って下さい」

低く重い声で言い、タクヤはカウンターの背後、びっしりとCDが並んだ棚に体を向けた。

「ライバルなのにCDは置いてるんですね」

暗くなりそうなムードを追い払うように、ダイクさんは明るい声で言った。

「……ええ。ここは奴らもよくステージに上がるライブハウスですから。『シモキタ・ベース』としては、そこはニュートラルですね。まぁ、俺自身としても、ボーカル同士の対立やら再開発がらみのややこしい話を抜きにすれば、奴らの音楽は悪くないとは思ってます。明後日のライブに奴らと俺たちが対バンで出るんで、良かったら聴きに来てやって下さい。もしアキラが盗作をするような奴だったら、ちょっと話は違ってきますけど……」

あ、あった——とつぶやき、タクヤは棚から一枚のCDを取り出した。

ケースから出したディスクを棚のプレーヤーに入れ、振り返ったタクヤはCDケースを僕たちの目の前に置いた。

ジャケットには誰でも知ってるあの金屏風、風神雷神の雷神をアレンジした絵が描かれている。

ダイクさんは手に取って裏面を見る。僕も横から覗き込む。『シルヤキミ』のCDと同じく、ディスクが抜かれた薄いプラケース越しにジャケットの裏面が見え、数曲並んだ曲名の中程に『ＤＯ ＹＯＵ ＫＮＯＷ』の曲名がたしかにあった。その下には「作曲 ＡＫＩＫＵＳＡ ＡＫＩＲＡ」とある。これがそのアキラなのだろう。

そうこうしているうちに、タクヤの操作でスピーカーから大音量で音楽が流れ始めた。

ゆったりとしたベースから始まった曲のボーカルパートが始まってすぐ、僕とダイクさんは思わず顔を見合わせた。

「………」

僕らは黙って音楽を聴き続ける。ボーカルが「DO YOU KNOW」と歌い上げるサビまで曲が進んだ時、ダイクさんも僕もはっきりと確信した。

「この曲っす……。間違いありません……」

「まじか……」

カウンターに両肘を突き、タクヤは絶望するかのように頭を抱えた。

ダイクさんは僕に顔を向ける。

「タケミツ君、どう思う?」

落ち込むタクヤに気を遣って、僕は声を小さく応えた。

「残念だけど、同じ曲だと思います」

「いや、でも——」タクヤを励ますように、ダイクさんはカウンターに向き直って僕とは逆に声のボリュームを上げて言った。

「まだ盗作って決まった訳じゃないっすから。1990年っていう表記が間違ってて、実はアキラの曲をその女性ボーカルが歌ってただけかもしれないし、地下室ってのも、昔あったライブハウスのことじゃなくて単にどこかの地下室なのかもしれないし……」

俯くタクヤに顔を寄せる僕たちの背後、不意に男の低い声が響いた。

「……この曲は盗作なのか？」

僕とダイクさんは驚いて振り返る。

そこにはスラリとした細身の銀髪、見るからにバンドマンという雰囲気の男性が一人立っていた。

ゆっくりと顔を上げ、タクヤは呆然と「マコト……」と呟く。

ということは、この人がアキラと犬猿の仲、フージンのボーカルの――。

呆然と眺める僕たちの目の前で、マコトの顔にみるみる怒りの色が浮かんでくる。

「あいつ、そこまで腐った奴だったのか。……ちょっと、そこのあんた」

声を掛けられたダイクさんはマコトの迫力に気圧され、裏返った声で「はい」と応えた。

「この元の曲を歌ってたのは１９９０年、下北の『地下室』でライブをしてた女性ボーカル……それに間違いないんだな？」

「あ、いや……その……」

しどろもどろに応じるダイクさんに、マコトは威圧的に一歩近寄る。

「どうなんだよ！　はっきり答えろよ！」

「……一応、ジャケットにはそう書いてました」

「そういうことか……。絶対許せねぇ！　……俺、あいつシメてくるわ！」

勢いよく駆け出すマコトの背中に、タクヤは「ちょっと待て！」と声を掛ける。

しかし、マコトは止まることなく力任せにドアを開けて出て行ってしまった。

「まずいことになっちゃった……感じっすかね」

ダイクさんは恐る恐るタクヤに顔を向けた。

タクヤは静かに左右に首を振った。

「いや……。ＲＩＳＥ・ＩＮは遠征中で、明後日のライブ当日東京に戻って直接ここに入る予定なんで、あのまま怒りに任せてマコトがアキラをシメたりすることはないと思います。ライブの当日が、心配ですけどね……」

頭を抱え、タクヤは大きなため息をついた。

3

事務所に戻るとヨウコちゃんが僕のデスクに一人、つまらなそうに頬杖をついて座っていた。

「あれ？　近松さんはどうしたの？」

「ちょっと用があるからって、私に留守番を任せて出て行っちゃいました。……おかえりなさい」

ヨウコちゃんの出迎えに、ダイクさんは嬉しそうに僕を見る。

「あの人も捜査に乗り出してくれたのかな？　良かったね、ヨウコちゃん」

「捜査よりも、近松さんとおしゃべりしてたかったんですけどね……」

「え？」

「あ、いやいや――」独り言のようにつぶやいた前言をごまかすように、ヨウコちゃんは頰杖を外してダイクさんと僕に笑顔を向けた。

「……どうでした？　社長さんに聞いて、何かわかりました？」

「いや……。少し進展はしたんだけど、ちょっとややこしいことになっちゃってさ」

「ややこしいこと？」

「ライジンのアキラが、どうやらあの曲を盗作してたみたいで……」

「えっ！　盗作？　それ、やばくないですか？」

「本人に確認してないから、まだ確定した訳じゃないんだけどさ。その話を、アキラと仲が悪くて下北の再開発のことでも対立してるフージンってバンドのボーカルに聞かれちゃって、なんか、ちょっと揉めちゃいそうな感じなんだよね」

「やばいですね」

「やばいね」

「あ――」何かを思い出したように、ヨウコちゃんは目を丸く開いて僕たちの顔を見回した。

「下北の再開発で対立してるって、もしかして五月三日にシモキタ・ベースでライブするバンドですか？」

「そうみたいだけど、何で知ってるの？」

「再開発に反対してるバンドにうちの店長と仲のいい人がいるらしくて、お店にチラシ置いてるんですよ。『再開発の是非を問う！ シモキタ・バンド紅白歌合戦』っていうの」

「シモキタ・バンド紅白歌合戦……」

愕然とした様子で繰り返し、ダイクさんは呆れたように言った。

「歌合戦やっちゃうような感じなんだね。再開発の対立ってもっとシリアスなのかと思ってたけど、ちょっと安心したわ」

「まぁ、基本的にはエンタメですもんね。でも、そこに盗作疑惑が絡んできちゃったら、やっぱりさすがに洒落にならないんじゃないですか？ 自分たちの本職に関わる問題な訳だし」

「だよねぇ……」

悩まし気に頭を掻きながら室内を歩き回り、ダイクさんは飛び込むように応接ソファーに腰を落とした。

「まぁ、バンドマンとしての話し合いは当人同士にしてもらうこととして、盗作だったとしても、盗作じゃなかったとしても、『シルヤキミ』を歌ってた歌手に事情を説明してもらう必要はあるよね。ヨウコちゃんのために軽く一肌脱ぐつもりだった歌手探しが、なんだか大きな話になってきちゃったよ……」

「すいません……。でも、きっと近松さんなら――」

ヨウコちゃんが身を乗り出したその時、すっと背後の引き戸が開いた。

「――呼んだか？」

「あっ！　近松さん！」

僕は思わず声を出し、ヨウコちゃんも素早く背後を振り返る。

「ヨウコちゃん、留守番ありがとう。助手が帰ってこないから危うく仕事に出れないところだったけど、おかげで助かった」

「すいません……」

謝る僕を見ることもなく、事務所に戻った近松さんはいつものチェアに腰を下ろした。

「何かわかりました？」

ダイクさんの問いに、近松さんは首を傾げる。

「ん？　何の話だ？」

「え？『シルヤキミ』の捜査に出掛けてくれてたんじゃないんすか？」

「いや。再来月のセンナリ小歌舞伎の打ち合わせに上の事務所に行ってただけだ」

「えーっ！」

ダイクさんは失望の声を上げた。ヨウコちゃんも表情を曇らせている。僕も多分、とてもガッカリした顔をしているはずだ。

そんな僕らを不快そうに見渡し、近松さんは背もたれを深く倒して言った。

「……あの歌手についてなら、成子さんに一応話は聞いてきてやった」

「え？　ばあちゃんにですか？」

思わず尋ねた僕を近松さんはちらりと見る。

「不動産屋の社長と同じく、成子さんも下北の人間関係に詳しい一人だからな」

「それで、判ったんすか？　あの歌手のこと」

身を乗り出すダイクさんに、近松さんはあっさり「ああ――」と答えた。

「80年代、この町に『下北のジャニス』と呼ばれた女性歌手がいたらしい。しかし、下北以外でも名前が知られ始めた84年、彼女は音楽の世界から突然姿を消したという」

「下北のジャニス？」

「ジャニス・イアン――アメリカのシンガーソングライターだ。囁くようでいて力強い声質が、どうやらその歌手と通じるものがあったらしいな」

「……で、その下北のジャニスがあの歌手なんすか？」

「ああ。他に調べたことと併せて考えれば、ほぼ間違いなく彼女だろう」

「じゃあ、すぐその人に会いに行きましょう！」

明るさを取り戻したダイクさんの顔を、近松さんは真顔でじっと見つめた。

「彼女なりの事情があって彼女は音楽をやめたんだ、今さら昔の話を蒸し返すのは感心しないな」

「けど、ただの興味本位の昔話ってだけじゃなくなってきたんすよ。ライジンのアキラがその人の曲を盗作してるかもしれないってんで、明後日のライブで揉めごとが起きそうな、なんだか一触即発の状態になってるんです」

「アキラが盗作？」

「ええ、アキラ作曲の新曲が、90年のあの曲そのまんまだったんです」

「ふむ……」

顎に指を添えて近松さんは考え込む。

しばらくして、近松さんは何かに納得したように頷いた。

「まぁ大体の事情は判った……。しかしそうなると、たしかにこのまま放っておく訳にもいかないな」

「そうこなくっちゃ！　お供しますよ。ジャニスのところに行きましょう！」

「いや、ダメだ――」ロッキングチェアから立ち上がり、近松さんは僕たちを見渡した。

「俺が今から一人で会いに行ってくるから、ダイクは二階、タケミツはここでそれぞれ勤務に戻るように。ヨウコちゃんも本人のＯＫが出れば詳細は教えるから今日のところは帰ってくれ。ＣＤはこのまましばらく預からせてほしい」

「わかりました。じゃあ、私の連絡先を……」

「大丈夫だ。その時はお店に知らせに行くよ。そろそろ新しいジャージも見たいしな」

ケイタイを取り出そうとしたヨウコちゃんを制止し、近松さんは立ち上がった。

「じゃあ、ちょっと出掛けてくる。タケミツ、今度こそちゃんと留守番を頼んだぞ――」

事務所で一人きりになった僕は自分の席に腰を下ろして一息ついた。

近松さんはあの歌手に会いに行くと言って出て行ったけど、彼女が今どこにいるのか、そう簡単にわかるものだろうか？

アキラの盗作疑惑に関して、近松さんはなんとなく盗作ではないと感じている様子だった。

＊

それは一体どういうことなのだろう？

レンタルビデオのドラマ館の会員になって最近『バック・トゥ・ザ・フューチャー』を観直したばかりの僕は、アキラが90年代にタイムスリップしてその曲を書いた……そんなＳＦじみたストーリーしか思い浮かべることができなかった。

ぼんやりとそんなことを考え続けていた僕はデスクの端、普段閉じて仕舞われているノートパソコンのディスプレイが開いていることに気付いた。

インターネットを使って近松さんは何かを調べたのだろうか？

気になった僕はパソコンを手元に引き寄せ、キーを叩いてスリープを解除した。

表示されたウェブブラウザのウィンドウにはＲＩＳＥ‐ＩＮのホームページ、メンバーのプロフィールの簡単な紹介ページが表示されていた。この状態でスリープになっていたということは、このページで謎が解けたということなのだろうか？

しかし、僕がそこから読み取れる情報は特に何もなかった。

他にどんなことを調べたのだろう？　僕は履歴のページを開いた。

しかし、今日の閲覧履歴には検索エンジン、そこから飛んだＲＩＳＥ－ＩＮのオフィシャルサイト、メンバーのプロフィールのページしか残っていなかった。

どうやら近松さんはＲＩＳＥ－ＩＮのメンバーの詳細について確認していただけのようだ。

僕は気付いた。

僕が近松さんの考えや行動を推測したところで、意味はあまりなさそうだ。

それまでの考えを止めた僕の頭に、ふと別の疑問が浮かぶ。

今まで深く考えていなかったけれど、『シルヤキミ』の歌詞って、一体どんな内容なんだろう？

文語調っぽい難しい言い回しのその歌詞の内容を、僕はほとんど理解できていなかった。その歌詞から今回の謎が解けたりしないことは判っているけど、近松さんの帰りを待つ間、せっかくなら調べておいても悪くはないはずだ。

検索ページにジャンプして、「島崎藤村　しるや……」まで入力すると、「島崎藤村知るや君」という検索ワード候補が表示された。そのおすすめに従って、僕は『知るや君』の詩が引用されたページにジャンプした。

知るや君

島崎藤村

こゝろもあらぬ
秋鳥《あきどり》の
声にもれくる
ひとふしを
知るや君

深くも澄める
朝潮《あさじほ》の
底にかくるゝ
真珠《しらたま》を
知るや君

あやめもしらぬ
　やみの夜に
　静かにうごく
　　星くづを
　　知るや君

まだ弾きも見ぬ
　をとめごの
　胸にひそめる
　琴《ね》の音を
　知るや君

歌で聴くだけではほとんど意味がわからなかった詩も、文字で読めばなんとなく理解できたような気がした。

最初の一連は、人間のように心がある訳ではない秋鳥、いわば物心のついていない子どものような存在が無心に奏でる鳴き声にも、物心ある人間でも到底敵わない深い音楽が宿っていることがある。あなたはそれを知っていますか？——そんな感じだろう。

二連目と三連目は人間の知ることのない海の底、宇宙の果て、人に知られることなんて関係なく輝く真珠や星がある。あなたはそれを知っていますか？ ——という感じだ。

そして四連目、女の子の胸の奥にはまだ人には告げていない秘めた思いが隠されている。あなたはそれを知っていますか？ ——ということだろう。

僕にはちゃんとした文学的な解釈なんてできないけれど、人が知ることのできない生命の不思議、宇宙の神秘の話から、乙女の秘めた恋心に着地していく感じが、なんだかとても悠大でロマンチックな詩だと思った。

まるでこの詩そのもののように、幻の歌手、下北のジャニスの歌声と美しい音楽が、古着屋のCDラックの裏に長い間人知れず隠れ続けていたのだ——。

CDは近松さんが持って出て行ってしまったけれど、静かな事務所、いつの間にか僕の心の中に『シルヤキミ』が静かに流れ始めていた。

下北の街に夜の幕が降りた頃、近松さんは正面のドアから事務所に戻った。

「おかえりなさい。どうでした？ 会えました？」

「ああ。事情は一通り伝えて来た」

「下北のジャニスさん、お元気でしたか？」

僕の質問には答えず、近松さんは意味ありげな微笑を浮かべて僕を見る。いつものロッキングチェアではなく、近松さんは応接セットのソファーに疲れた様子で体を沈めた。

「ああ、お元気だったよ。……それはともかく、お前の母さんは昔、下北のビビアン・リーと呼ばれていたそうだな」

「えっ……」恥ずかしい話題を唐突に振られ、僕は思わず俯いてしまう。

そんな僕に構わず、近松さんは五七五のリズムで言った。

「美女ありき、歌姫ありき、下北に……か」

「――？」

僕は顔を上げて近松さんを眺める。

イギリスの貴公子みたいな見た目なのに、俳句っぽいリズムでよくわからないことを言うところはまるで昭和のおじさんだ。

呆然と眺める僕の視線が煩わしくなったのか、近松さんは「まぁ、そんなことは別にいい――」と話題を変えた。

「明後日の夜は確か出勤だったな？」

「はい。そうです」

「よし。じゃあ明後日は事務所外での勤務とする」

「明後日の夜っていうと……ライジンとフージンのライブですか？」

「ああ。ダイクも連れて行けるかどうかは二階に聞いてみないとわからないが、人数分のチケットは下北のジャニスが確保してくれるそうだ」

「下北のジャニスが、ですか？　その人って、一体……？」

「彼女も会場に来てくれる。明後日の夜、シモキタ・ベースでご対面だな」

すでに全てが解決したかのように、近松さんは心地良さげに伸びをした。

4

ライブ当日、シモキタ・ベースのフロアは音楽と大勢の客の熱気に波打っていた。

来客のせいで事務所を出るのが遅くなってしまい、近松さんと僕が入場した時にはFUSE-INのステージがすでに始まっていた。遠くステージの上ではバーテンの時と一味違う華やかなオーラをまとったタクヤがベースを弾き、マコトは両手でマイクを握りしめて慟哭するように激しく声を張り上げていた。

先に入ってもらったヨウコちゃんはどこかにいるはずだけど、盛り上がるフロアの中から見つけ出すのはちょっと簡単ではなさそうだ。ダイクさんは仕事の都合で外出できず、せっかくの解決編に立ち会うことができなかった。

ステージ前のフロアには進まず、近松さんは前回僕とダイクさんが座ったカウンターのスツールに腰を下ろした。僕も隣に座った。

「……下北のジャニスさん、この人ごみの中から見つけるのは難しそうですね」

「いや、彼女も仕事が押して遅れて来るらしい。バーカウンターで待ち合わせることになっている」

「ヨウコちゃんにもそう言ってあげればよかったですね」

「いや、盛り上がるステージを横目に彼女をカウンターで待たせるのはかわいそうだ。『シルヤキミ』の良さに気付いて、その歌手を探そうと思うほどには音楽が好きな子なんだからな。存分にライブを楽しんでもらって、そのうち合流できれば良しとしよう」

「そうですね。ところで近松さん、一つ気になってることがあるんですけど……」

「なんだ?」

バーテンと視線を交わし、近松さんはラムコークを注文した。僕もジンジャーエールを頼む。

離れていくバーテンを見送り、僕は質問を続けた。

「色々調べていけば、今回、きっと下北のジャニスさんにはなんとか辿り着けたんじゃないかと思うんです。けど、初めて『シルヤキミ』のCDを見た時、近松さんはあのCDがRISE‐INと関係があるかもしれないって言いましたよね? 話をたどっていった結果、本当にその通りでした。けど最初のあの時点で、どうして近松さんにそれがわかったんですか?」

「いや、はっきり何かが判ったという訳じゃない。もしかすると……という程度のことだった」

「どういうことでしょう?」

「『シルヤキミ』のジャケット代わりに使われていたのは酒井抱一の『夏秋草図屛風』

の絵はがきだった。覚えているか？」

「銀色の画面にしだれた草花が描かれてる日本画ですね。もちろん覚えてます」

「あの屛風は表と裏、両面が重要文化財になっている珍しい屛風で、裏面には別の有名な画が描かれている。……正確には、先にあったその画の裏に、抱一が『夏秋草図』を描いたんだが」

「？……それって？」

「尾形光琳の『風神雷神図』さ。お前も何かで見たことぐらいはあるだろう？」

「あっ！」あの風神雷神の絵――。

「……RISE‐INのアルバムのジャケット、まさにそれを使ってました」

カウンターに出されたラムコークを受け取り、近松さんは俯いて笑った。

「まぁ、そんなのはただの連想ゲームみたいなものだがな。夏秋草図屛風のジャケットにライジンというバンド名、要になるアキラという名前。もしかすると何か関連があるかもしれない――ふとそう思ったまでのことさ」

グラスに口を付け、近松さんは続けた。

「そのあと調べてみると、ライジンのアキラのフルネームは『秋草彰《あきくさあきら》』、成子さんから教えてもらった『下北のジャニス』の名前は『秋草ユリ』……。自分を産んだタイミングで音楽をやめてしまった母親に対する何らかの想いから、アキラはバンドの名前をRISE‐INと名付けたのかもしれないな」

「じゃあ、金田社長が言ってた『ライジンの反対』っていうのは、風神のことじゃなくて、秋草……」

「ああ。雷神と風神は『反対』というよりも『対《つい》』、だろうな」

「つまり、金田社長は『シルヤキミ』の歌手が秋草ユリだってことを知ってたんですね」

「ああ」頷いた近松さんはそのまま入口の方に顔を向けた。

「――噂をすればご到着だ」

近松さんの視線を追って振り返ると、そこにはカウンターに近付いてくる金田社長の姿があった。

「お待たせしました、近松君、竹本君」

立ち止まった金田社長に体を向け、近松さんは僕に言った。

「紹介しよう。引退後に家業を継ぎ、金田百合という敏腕社長に変身した下北のジャニス……こちらが秋草ユリさんだ」

＊

「あなたが……」

呆然と社長の顔を眺めていると、「近松さーん！」という明るい声が近くに聞こえた。

声の主は演奏がひと段落したステージを背にこちらに駆けて来るヨウコちゃんだった。

僕たちのカウンターの前に立ち止まり、ヨウコちゃんは満面の笑みを浮かべた。

「おつかれさまです！　先に一人でライブ楽しんじゃってすいません……。FUSE‐IN、めちゃくちゃ良かったですよ！　次はいよいよRISE‐INです。間に合って良かったですね！」

ひとしきり話した後、ヨウコちゃんは隣でにこやかに耳を傾けている金田社長の存在に気付いた。

「あれ？　こちらの方は？　……一緒に来られた方ですか？」

穏やかに微笑む金田社長と顔を見合わせ、近松さんはヨウコちゃんに言った。

「こちらの方が君が探していた歌手――『シルヤキミ』を歌っていた秋草ユリさんだ」

「えっ？　えーっ！」

突然の対面に、ヨウコちゃんは飛び上がらんばかりの声を上げた。

「えっ、うそ！　ほんとに？　……あのCD聴いて、私、めちゃくちゃ感動したんです！　お会いできて、本当に感激です！」

「ありがとう。そう言ってもらえると、音楽やってて良かったって思えるわね。……けど、どうしてあのCDをあなたが？　昔息子が失くしちゃって、あの子、長い間落ち込んでいたのよね」

「バイト先のラックの裏にはまり込んでるのを見つけて……。それで、近松さんにこの素敵な歌手とCDの持ち主を見つけて欲しいってお願いしたんです。持ち主は息子さんだったんですね。大切なCDでしょうからお返ししなきゃですね。……あれ？　私、CDどうしたんだっけ？」

舞い上がっているヨウコちゃんはきょろきょろと辺りを見回した。

呆れたようにふっと笑い、近松さんは言った。

「CDは俺が預かっている。もしかすると今夜役に立つかもしれないから、助手に持って来させている。そうだな、タケミツ」

「はい、ここにあります……」

肩に掛けたバッグからCDを取り出そうと俯いた時、ステージの方から激しいマイクのハウリング音、そして、「みんな、聞いてくれ——」というFUSE-INのボーカル、マコトの声が響いた。

僕も、近松さんも、ヨウコちゃんも、そして金田社長もステージの方に顔を向けた。

「——今日は下北の再開発について意見が対立するバンド同士、あえて対バンしてる訳だけど、それだけだったら、お互い睨み合いながらも、気持ち良く音楽を楽しむことができたと思う。けど、対バンの相手が、ミュージシャンとしてあるまじき罪……楽曲の盗作をしていると判った以上、俺はそいつの罪を暴いて、この場で引導を渡してやるのが、せめてもの情けだと思ってる——」

異常なMCの内容に場内がざわつき、そして、皆が聞き耳を立てるようにフロアは静かになっていく。

「RISE‐INの秋草彰！　……お前も、お前の母ちゃんも、今まで表立って公表してこなかったから、昔のダチのよしみで俺も今まで黙ってた。彰の母ちゃんは昔、下北のジャニスと言われた伝説の歌手、秋草ユリって人だ。RISE‐INの秋草彰は、そのすげー母ちゃんの曲を自分の曲だと偽って発表していた盗作野郎だということを、俺はここに告発する！」

単なる煽りとはとても思えないMCに、ホールの空気は一瞬にして凍りついた。

舞台袖からマコトと似た年格好、髪の色だけがマコトと違って茶髪の男――おそらくアキラが顔色を失って現れた。

「おい！　急になに訳わかんないこと言ってんだ！」

静まり返ったホール、アキラの声はマイクがなくても最果てのバーカウンターまで届いた。

「訳がわかんないことかどうか、自分の胸に手を当てて考えるんだな。見損なったぞ！　アキラ！」

「は？　お前、何を理由にそんなこと言ってんだよ？　事情がわかるようにちゃんと説明しろよ！」

「お前、母ちゃんが昔歌ってた曲、自分の新曲として発表したんじゃねーのかよ？『シルヤキミ』って曲を『DO　YOU　KNOW』ってタイトルに改編して！」

「あ……」

アキラは声を失い固まった。

急所を突かれ、アキラは追い詰められたかのようにフロアからは見えた。この状況は圧倒的にアキラに不利だ。やはり、彼は母親の曲を盗作していたのだろうか……。


「――待って！　私が説明します」


僕のすぐ隣で声が響いた。

それは金田社長――いや、秋草ユリの、恐らく久々にライブハウスに響く低くて澄んだ声だった。

「おばさん……」

「母さん……」

ステージの二人は呆然とこちらを見ている。

秋草ユリはステージに向かってゆっくりと歩き出した。振り返って見ていた客たちは、まるでモーゼを迎える海のように左右に割れてステージへの道を作る。

最前列まで進み、ユリは「ちょっと、手を貸しなさい――」と舞台の二人に声を掛けた。マコトとアキラは駆け寄って、ユリの左手、右手を取ってステージの上に引き上げる。

　息子の手を放し、ユリはそのまま流れるようにマコトの手からマイクを受け取る。貫禄あるユリの自然な動作に、マコトは思わずマイクを渡してしまったという様子だ。ステージのセンターで、マイクを手にしたユリはホールの客を見渡した。

「突然ごめんなさい。私はＲＩＳＥ‐ＩＮの彰の母親、秋草ユリ。昔下北で歌を歌っていた者です」

　不思議と心地良いその声に、客たちは皆聴き入っている。

　ユリは続けた。

「１９８４年、彰を出産して、元の旦那と一緒にアメリカに渡ることになって、私は音楽をやめました。でもそれは、家族のせいで音楽をやめたって意味じゃありません。人にそう思われるのが嫌だから、私は自分が昔音楽をやっていたことも、そこそこ人気のある歌手だったことも、それから人に話すことは一切なく、息子の彰も、自分の親がミュージシャンだったことを話題にすることはありませんでした。たとえ結婚しても、子どもを産んでも、海外に移住しても、そして、下北に戻って実家の仕事を継いでも、続けようと思えば、私は音楽を続けることはできた。でも、私は音楽よりも家族を選んだ……」

　一息ついたユリの顔に、自虐的な笑みがわずかに浮かぶ。

「でも、未練があったんでしょうね。潔く、きっぱりやめたはずなのに、人気の絶頂に突然姿を消した幻の歌手……そんな風に自分のことがどこかで話題にされる度、私はまた歌を歌いたい、曲を作りたい、そんな思いにとらわれるようになってしまった……。そんな気持ちが高まっていた頃、彰が小学生になった頃、私は大好きな島崎藤村の詩に曲を付けようと、コードを振るため『知るや君』をひらがなでノートに書き写していました。文字の勉強をしていた彰はそれを見て、得意げに私に読んで聞かせてくれました。大人でも理解が難しい古い言葉、とても子どもには解るはずのない詩なのに、彰の朗読には不思議なほど詩情がこもっていました。……もしかすると、彰はこの詩を音に乗せることができるんじゃないか？　——私は思って、彰に『お歌にして歌ってみて』と言いました。そして彰が歌った歌……物心付いて間もない、作曲なんて理解しているはずのない子どもの作った曲の、なんて自然で、なんて美しい音楽だったことか……。その曲を聴いた時、私はきっぱりと音楽をやめる決心が付きました。自分の音楽じゃなく、この子の音楽を育ててあげたい、この子と一緒に私も育っていきたい——。そんな風に思って、私は彰が作った『シルヤキミ』を楽譜に落とし込みました。そして、自分の歌手人生の最後、閉館することになった古巣、『地下室』のサヨナラ・ライブでその曲を録音し、未来の彰へのプレゼントとして残しました——」

ユリはおだやかな視線を息子の友人に向ける。

「……マコト君、だから、あなたが盗作だと思った曲は、盗作でもなんでもなく、彰自身が作曲した曲なの。嘘でも誤魔化しでもない、これは誓って本当の話よ」

「……」

呆然とユリの顔を眺め、しばらくしてマコトは小さな声で言った。

「けど、そんな昔の曲を、どうして今更彰は……」

ユリではなく、アキラが怒鳴るように答えた。

「お前のせいだよ！　六年前、お前が母さんの歌を聴きたいっていうからCDを貸してやったのに、それを聴くより先にどっかに失くしちまって……。俺の一番の宝物を失くしたから、俺はお前と絶交した。大事なものを失くしたショックで、俺はあの曲のことも、CDのことも、仲が良かった頃のお前との思い出も、全部心の中から締め出して、今まで忘れたフリをして生きてきたんだよ！　けど、少し前、母さんが家事をしながらあの歌を口ずさんでいるのを聞いて、俺は思い出しちまった……。無心であの曲を作った時の、初めて音楽を生んだ時の喜び。俺の音楽を理解して、育ててくれた母さんの優しさ。そして、些細なことで仲違いした、ダチとの楽しい日々のすべてをな！」

「彰、お前……」呆然として、マコトは続けた。

「俺がCDを失くしたのが理由で、お前、俺と絶交しちまったのか？　あんな些細なことのせいで、俺たち、犬猿の仲なんて言われるような関係になっちまったのか？」

「俺が言うのはいい！　お前が些細なことって言うな！」

「すまない……。お前がそこまであのことを怒ってたなんて、俺、全然気付いてなくて
……」

弱々しく言い、マコトはステージの上にへたりこんだ。

呆然とステージの様子を見ていた僕の腕を、隣の近松さんが軽く肘で突いた。

僕の耳に口を近づけ、近松さんは囁いた。

「……今だ。あれの使いどころだぞ」

「あ――」

確かにそうだ。僕は急いでカバンの中を探る。

「あの……」

それほど大声を出した訳ではなかったけれど、ライブハウスの静寂に僕の声は意外なほど響いた。

ステージの上の三人、ホールの客たちの視線が僕に集まる。

カバンから取り出したCDを高く掲げ、僕は言った。

「……これで、二人は元の仲に戻れるんじゃないですか……ね？」

アキラとマコトは目を見開き、「あ――」と言って僕の手のCDを見つめた。

5

ＲＩＳＥ・ＩＮのステージはこれ以上ないと思えるほどの盛り上がりを見せて終わった。

僕からＣＤを受け取り、なんとなく照れくさそうに、アキラとマコトはステージの上で固く抱きしめ合った。誰からともなくホールに拍手が沸き起こった。そして、拍手の波が収まった頃、ホールのどこかから「ユリさん、歌ってよ！」という中年男性の声が響いた。同意の拍手が起こり、拍手は手拍子になり、そして「ユリ！　ユリ！」というコールが徐々に広がった。

秋草ユリは息子たちと視線を交わした。

「母さんが、嫌でなければ――」つぶやくアキラをじっと見つめ、ユリは静かに頷いた。

「じゃあ、君の新曲バージョンで、シルヤキミを歌わせてもらおうか――」

スタンバイしたＲＩＳＥ・ＩＮと共に、秋草ユリは歌った。

長年のブランクを全く感じさせない、天賦の才能としか思えない伸びやかで底の深い歌声に、僕たちはただただ魅了された。

こんなにも美しくてエモーショナルな音楽が、何年もの間奏でられることなく、聴かれることもなく、金田社長の心の内に秘められていた――。

それこそ『シルヤキミ』だった。

その歌声を聴きながら、『知るや君』という詩の意味を、僕は以前よりもほんの少し理解出来たような気がした。

知るや君――知っていますか？　――という問いは、ただ相手にそれを知っているか尋ねているだけではないのだ。その存在を知って欲しいと思う、尋ねる側の願いがこもった問いなのだ。

秋草ユリは自分の魂、内なる音楽を世界に知って欲しいと願っていた。

自分の息子が生み出した奇跡のような音楽を、この世界に残したいと願っていた。

その子もまた、母の音楽が再びこの世に響いてほしいと願っていた。

その音楽を聴きながら、僕もまた願った。

下北の小さなライブハウスで奏でられるこの音楽が、世界の果てまで響いて欲しいと。

＊

「昨日はどうだった？　謎は無事に解決したの？」

　ライブの翌日、僕の出勤時間とほぼ同時に二階からダイクさんが降りてきた。

　金田社長に連れて行かれた打ち上げのせいで近松さんは二日酔い。起こしに行っても部屋の中から「もう少し寝かせてくれ」と言うばかりで、僕は一人事務所の掃除をしていたところだった。

「ええ。ＣＤも持ち主の元に戻って、ＲＩＳＥ‐ＩＮとＦＵＳＥ‐ＩＮも無事仲直りしましたよ」

「え？　下北のジャニスを見つけただけじゃなくて、ＣＤの持ち主まで判ったの？　やっぱあの人はすげーな。けど、どうやって？」

「ヨウコちゃんのお店の店長が再開発反対のバンドの人と知り合いで、お店にチラシを置いてたって話から、ＦＵＳＥ‐ＩＮのマコトが昔その店でバイトをしてたんじゃないか、アキラとマコトの仲が悪くなった原因も行方不明になったＣＤと関係があるんじゃないか……って推理して、まさにその通りだった感じです」

「へぇー。ヨウコちゃん、喜んでた？」

「ライブも楽しんで、下北のジャニスにも会えて、すごく喜んでましたよ」

「そうかーよかったよかった。……で、下北のジャニスはどんな人だったの？　さぞかっこいい人だったんだろうね」

　ダイクさんは輝く瞳で僕を見つめた。その正体を言うべきか、言わざるべきか――。

「ダイクさんも、知らない人じゃないと思いますよ。ははは……」

誤魔化し笑いでやり過ごそうとしていると、チリリンとドアベルの音が響いた。

ダイクさんと僕はドアに顔を向ける。そこには小ぶりの段ボール箱を両手で抱えたヨウコちゃんが立っていた。

「あ、ヨウコちゃん！　例の件、無事に解決して良かったね！」

「ありがとうございます。おかげさまでやっと安心して眠れるようになりましたよ。あの……近松さんは？」

「二日酔いで奥で寝てますけど、どうしたんですか？」

「実は、これなんですけど……」

ヨウコちゃんは手にした段ボール箱を少し持ち上げてみせた。ダイクさんは興味津々にヨウコちゃんに近付いた。

「なになに？　近松さんにお礼の差し入れでも持ってきたの？」

わずかに蓋が開いた段ボール箱を覗き込み、ダイクさんは「ひゃっ！」と言って飛び退いた。

「なんだ？　……こ、ねこ？」

こねこ？　――僕は二人に近寄って箱を覗く。中には黒い子猫が一匹、外に出たそうに僕らの顔を見上げていた。

「ねこ？　なに？　ねこ？」

猫が苦手なのか、ダイクさんは距離を保ってただただ単語をくり返す。

「うちのお店の近くに捨てられてたんです。近松さんなら、捨てた飼い主か、新しい飼い主をうまく見つけてくれるかもしれないと思って……」

「ははは――」引きつった笑いを浮かべ、ダイクさんはドアに向かって後ずさって行く。

「そうだね。近松さんならきっとまた助けてくれるよ。じゃ、また！」

自分にはもう手に負えないと思ったのか、ダイクさんは足早に出口に向かう。

「今回はありがとうございましたー！　好きそうな服が入ったら、またよけておきますねー！」

手を振ってダイクさんを見送るヨウコちゃんの背中を眺めながら、僕は思った。

ヨウコちゃんは近松さんを頼っている。

そこには近松さんへの好意も混じっているのかもしれない。

それが憧れ程度のものなのか、それとも『知るや君』の乙女ほどのものなのか――。

僕に知るよしはなかった。


（了）

来事だった。

それは下北沢の街に白い靄《もや》がかかり、ぱたりと人の気配がなくなる、「白い夜」の出来事だった。

劇場の職員たちが開いてくれた喜寿祝いの飲み会が終わり、ほろ酔いの上機嫌で一人家に向かっていた僕は、商店街に自分の他に人影がなく、街が白い靄に包まれていることに気付いた。

ああ、『白い夜』か――。

長年下北沢に住み、劇場をいくつか経営している僕が、この奇妙な夜に出くわすのは初めてのことではなかった。

「白い夜」の下北沢は過去や未来、異次元のシモキタに繋がる、幽霊が出る……若者たちの間ではそんな怪談じみた噂が囁かれていた。しかし、いわゆる怪奇現象を一度も体験せず人生の終着点を目前にした老人にとって、それは奇妙な光景ではあるものの、珍しい自然現象と偶然のタイミングが重なっただけのもの――なにも恐怖を感じるべき景色ではなかった。

しかし、その夜は違っていた。

白い靄の中、茶沢通りを歩く僕の行く手を踏切の警報音と赤色灯の明滅が遮った。翌月には小田急線の地下化で姿を消す「開かずの踏切」も、ラッシュアワーではない夜間、通常ならばそれほど長く道を塞ぐはずのものではなかった。

しかし、その夜は違っていた。

すぐに開くと思って待つ僕の前で、電車が通りもしないのに踏切はいつまで経っても開かない。

そのうち、踏切の向こう側には徐々に人影が増えてきた。こんな時間に閉じっぱなしの踏切に皆迷惑しているに違いない——そう思って、僕はこちら側にもさぞ人が増えたろうと辺りを見回した。しかし不思議なことに、こちら側には僕以外に踏切を待つ人間は誰一人いなかった。

踏切の向こうにだけ大勢の人間がいることに、その時、僕は奇妙な違和感を覚えた。

白い靄の向こうにぼんやりと見える人々の顔を、僕は改めて観察した。

踏切の向こうの人々は、皆が皆、まるで白塗りでもしたように蒼白い顔をしていて、疲れたような、うんざりしたような虚ろな目でこちらを眺めていた。そして奇妙なことに、その全員が口に白いマスクを着けていた。

ただマスクを着けているだけ——そう言ってしまえばそれだけのことだったが、その場の全員がマスクをしているという見慣れぬ景色には、何とも言えぬ違和感と不気味さがあった。

呆然と踏切の向こうを眺めていた僕は、白い顔のマスクの人々の背後にさらに驚くべきものを見た。

踏切の向こう、カーブする道の外周側の少し広くなったスペースで、白いロングドレスにつば広の飾り帽、顔と手を白く塗った一人の男が、歪で、優雅で、独特な舞踏を踊っていたのだ。

「艮《うしとら》……」

僕は目を見開いて言葉を呑んだ。

僕は彼をよく知っていた。

アングラ演劇全盛の時代。下北や吉祥寺でよく一緒に酒を飲んだ古い友人。

暗黒舞踏家、艮雄一《ゆういち》。

年下の彼が僕より先にあの世に旅立ったのは、もう、三十年近く前のことだったろうか——。

踏切の向こう、白い靄の中、亡くなった当時のままの若い姿で、当時よく踊っていた街頭の定位置で、艮は彼の代表作『ラ・クンパルシータ考』を誰に披露するでもなくただ一人踊っていた。

懐かしく幻想的な友の舞踏を眺める僕の視界を、唐突に電車が轟音を立て遮った。誰も乗っていない長い電車が、長い時間をかけて目の前を走り続けた。

電車が通過し、やっと踏切が開いた時、不思議なことに辺りの靄は消えていた。そしてさらに不思議なことに、反対側で踏切を待っていたマスクの人々も靄と一緒に消えていた。

待ちきれず、別の道を選んだのだろうか？

そんな事よりも――僕は急いで踏切を渡って艮が踊っていた場所まで進んだ。

しかし、もうそこに艮の姿はなかった。

辺りを見回しても、駅前商店街にいるのは酔ったサラリーマンや若者たちだけ。

そこには、いつもと変わらぬ下北沢の風景があるだけだった。

ACT 4 マクロプロスの旅

The Makropulos Exploration

1

「……まだ降りてこないな。十時を過ぎると追加利用料が発生すると伝えてきてくれ」

ロッキングチェアで読書していた近松さんは時計を見上げ、レシートを整理している僕に言った。

僕も顔を上げて時計を見る。九時五十二分。規定の利用時間まで、たしかにあとわずかしか残っていない。

「わかりました。料金を聞かれたら、なんて答えればいいですか？」

「は？　三か月もバイトして劇場《ハコ》の値段も覚えてないのか？」

「基本料金はもちろん覚えてますけど追加料金は……。時間をオーバーする利用者さんなんて、今までいなかったんで……。すいません」

やれやれ――といった様子でため息をつき、近松さんは言った。

「三十分につき五千円だ。大入りの人気公演とはいえ、終演後に料金を払わせるのは忍びない。早く伝えに行ってやれ」

「わかりました」

近松さんの命を受け、僕は急いで二階のコマ劇場に向かった。

コマ劇場に上るコマの棟の階段の脇、一階の受付部屋に劇団の人はいなかった。

受付横の掲示板には劇団・改新派の今回の公演『白い病』のポスターが飾られている。改新派は全員が白塗り、独特な身体表現が特徴の関西の小劇団だ。前回コマでの東京初演『ロボット』が大好評、今回も同じ作者、カレル・チャペックの戯曲による上京第二弾公演が絶賛上演中だ。大勢の白塗りの役者が白いマスクを着けたポスターは強烈なインパクトで、僕はつい立ち止まって見入ってしまったが、急いでいたことをすぐに思い出し慌ててコマへの階段を駆け上がった。

二階の狭いロビーにも人影はない。

劇場に駆け込んだ勢いのまま、僕は客席のドアを開いた。

「うわっ！」

思わず僕は叫んでしまった。

無人と思っていた客席に二十人ほどの人間が座り、マスクを着けた真っ白な顔を一斉に僕に向けたのだ。

予想外の不気味な光景に驚きはしたものの、考えるまでもなく、それは劇団の人々が客席に座っていただけのことだった。しかし、終演後は早々に撤収するはずの劇団員が芝居の扮装のまま客席に座っているのは奇妙な光景に違いなかった。

舞台と客席の境界、最前列通路の中央に洒落た雰囲気の老紳士が一人、客席を向いて舞台に浅く腰掛けていた。劇団の人々は皆、その人の話を聞いていたようだ。水色のジャケットに白いポケットチーフ。肌艶がよく、はっきりとした目鼻立ち。まるで七福神の布袋さまをスリムにしたような福々しいダンディーな老紳士……一体何者だろうか？

「……あれ？　タケミツくん、どないしたん？」

一列目中央付近に座っていた白塗りの男性が立ち上がってこちらを向いた。白塗りのため外見での判別は難しかったが、声と僕への接し方から、それは改新派の代表者、杉《すぎ》本《もと》さんに違いなかった。

「もうすぐご利用時間が終了します。このままだと延長料金が掛かっちゃうんですけど……」

「え？　もうそんな時間かいな」

杉本さんは時間を確認しようと腕を上げた。しかし、衣装のままの腕に腕時計はなかった。慌てた様子できょろきょろと周りを見渡したが、他の団員も多分皆同じことだ。

優雅な動作で腕の時計を確認し、老紳士は立ち上がりながら言った。

「九時五十五分。あと五分か……。着替える時間はなさそうだけど、みんな、もうそのまま帰っちゃう?」

あっけらかんと言う老紳士に、杉本さんは客席の座員たちを見渡して答えた。

「電車で宿に帰らないといけないんで、さすがに、それはちょっと……」

「そうか――」うんと頷き、老紳士はにこやかに言った。

「じゃあ、仕方ないから三十分五千円を払って、大急ぎで帰り支度をしなさい。調子に乗って長話しちゃって、悪かったね」

「いえ、とんでもないです! 僕らの芝居を観てもろて、感想だけやなく、色んなお話まで聞かせてもろて……東京に来た甲斐がありました。これからも、どうぞよろしくお願いします!」

杉本さんが深々とお辞儀をすると、他の劇団員たちも一斉に立ち上がって頭を下げた。

困ったように微笑み、老紳士は言った。

「まぁ頑張ってよ。いい芝居だった。……延長料金を払ってあげたり、値切ってあげたりすることは立場上僕にはできないけど、代わりに明日の昼に寿司でも差し入れるからさ」

「ありがとうございます! じゃあ、お見送りを……」

「大丈夫大丈夫。目をつぶってでも出られるぐらい、僕はここに慣れてるから。それより君たちこそ、三十分で撤収しないといけないんだから、さっさとバックヤードに急行しなさい」

「わかりました。今日は本当にありがとうございました！」

もう一度頭を下げ、杉本さんは僕の方を振り向いた。

「タケミツくん、悪いけど必ずあと三十分で出ますって、近松さんに伝えといて！」

そう言い残し、杉本さんと改新派の人々は山岳地帯の山羊のようにピョンピョンと舞台に飛び乗り、舞台袖からバックヤードへ退場していった。

去り際に深々と頭を下げて脇を抜けていく劇団員たちを笑顔で見送り、一人残った老紳士は目を細めて客席後方の僕を見上げた。老紳士は中央の通路をこちらに向かって歩いてくる。

その貫禄はまるで大物俳優のようでもあるけど、なんだかそれとも少し雰囲気が違う。劇団員たちから尊敬と信頼を受け、そして、この劇場の料金や仕組みに妙に詳しい。もし生きていたとしたら、年齢的にもまさに……。

この人は、もしかして僕の——。

「忠ちゃん……か？」

最後列まで上がってきた老紳士もまた、呆然と僕を見つめて言った。

「……チュウチャン、ですか？」

応えた僕の声を聞き、老紳士は元のしゃんとした様子に戻った。

照れたような笑みを浮かべ、老紳士は僕の目の前まで進む。

「忠ちゃんっていうのは僕の後輩で親友、一緒に演劇の街シモキタの土台を作った木下忠雄のあだ名だよ。若い頃の彼に、君があまりにもそっくりだったもんでね、とうとう彼が昔の姿でお迎えに来てくれたのかと思ってしまったのさ。けど、そうじゃなかったみたいだ。きっと、君は――」

「はい、その木下忠雄の孫で、この春に上京してきた竹本光汰朗と言います。あなたは――」

「堀田劇場の堀田正彦です。……こないだ、うちにも入った空き巣をスズマツ君と一緒に捕まえてくれたそうだね。お礼を言いに来なきゃと思っていたんだが、つい後回しになってしまって。その節は、どうもありがとう」

「いえ、こちらこそ、ご挨拶に行きたいと思いながら行きそびれてしまっていて……。じいちゃんの大先輩、堀田さんにお目に掛かれて、とても光栄です」

「僕の方こそ、若い頃の忠ちゃんに再会できたみたいで嬉しいよ」

堀田さんが差し出してくれた大きな掌を僕は握った。

僕も堀田さんも、奇しくも互いの中にじいちゃんの面影を見ていたようだった。

＊

「太郎君、お久しぶりー」

堀田さんと一緒に表から事務所に戻ると、ロッキングチェアを揺らしていた近松さんは椅子の動きを止めて目を丸くした。

「ご無沙汰してます。……どうしてこんな時間に？」

「改新派の芝居をこっそり観に来てたんだけどさ、受付の子に気付かれちゃって、感想やら業界のことやら、色々話をせがまれてこんな時間になっちゃったんだよ。……悪いね、残業させせちゃって」

「いえ、それは構いませんが……。まぁ、せっかくですからお茶でも」

近松さんは立ち上がって応接セットのソファーを勧めた。

「そう？　じゃあお言葉に甘えて。太郎くんにちょっと相談したいこともあったんだよね、実は」

「はあ――」近松さんは応接セットの方に進みながら僕に言った。

「人数分のお茶を頼む。コーヒーじゃなく、緑茶だ。川根のくき茶が、コーヒー豆の棚にある」

「はい、わかりました」

堀田さんに軽く頭を下げ、僕はキッチンへ向かうため事務所を奥に進む。近松さんとすれ違う時、僕は冗談めかしてささやいた。

「太郎さんって呼び方を許してるの、ばあちゃんだけじゃなかったんですか？」

口角を上げて笑顔を作り、近松さんは腹話術のような小声で応えた。

「この人は特別なんだよ。……さっさと茶を淹れてこい」

「はーい」

近松さんの弱点はばあちゃんだけかと思っていたけど、どうやらそうでもないようだ。

お盆を手に戻ると、堀田さんと近松さんは応接セットで向き合って座っていた。

近付く僕を見上げ、堀田さんは嬉しそうに笑う。

「本当に若い頃の忠ちゃんにそっくりだなぁ。薄暗い客席で姿を見た時、やっぱり死んだ仲間たちが順に僕を出迎えに来てくれてるんだ……って、いよいよ覚悟を決めちゃったもんね」

「何を頼りないことを言ってるんです。堀田さんらしくもない」

言いながら、近松さんは隣に座るよう僕に目で合図を送る。

座った僕の顔を眺めながら、堀田さんはしみじみと近松さんに言った。

「僕ももう随分な歳なんだぜ。人間、人生のゴールが見えてくるとさあ、その境界の先にあるものまで、なんとなく感じ取れるようになるものなんだよ」

「本当に今夜は堀田さんらしくないですね。……何か気になることでもあったんですか？」

「………」

しばらく黙って僕たちの顔を眺め、堀田さんは声のトーンを落として言った。

「白い夜を、太郎君は知ってるかい？」

「白い夜？　北欧の白夜のことですか？」

「いや、若い連中が都市伝説だとかなんだとか言ってる『シモキタの白い夜』のことさ」

「知りませんね」

「数年に一度、それほど遅い時間でもないのに街から人の気配がスーッと引いて、白いぼんやりとした靄が街全体を包む——そんな夜、下北の街は過去か未来か、はたまたパラレルワールドか、別の次元の下北沢に繋がってしまうという……」

ホラー番組のナレーションのような口調で言う堀田さんに、近松さんは眉をひそめる。

「本気で言ってます？」

堀田さんははにかむように笑った。

「異次元に繋がるって話はともかく、この街に白い靄がかかる日ってのは確かにあるんだ。昔、窪地の沢だった地形の名残かもしれない。まぁ、何十年もこの町に住んでいて、僕も出くわしたのは数回程度なんだけどね……」

考え込むようにしばらく黙って、堀田さんは続けた。

「今までは、まぁ不思議な自然現象なんだろうと思って、たまたま白い夜に出くわした時は僕も幻想的な風景を楽しんでいたもんさ。けど、今年の二月、一番最近の白い夜、僕はとうとう見てしまったんだ。過去なのか未来なのか、それとも別の次元なのかわからない。電車も来ないのに長時間下りたままの踏切の向こう側、踏切を待つ人誰もが皆、蒼白い顔をして、白いマスクを口に着けている奇妙な景色を。そして、とっくの昔にあの世に行った僕の友人、艮雄一が当時のままの白い衣装に白塗りで、彼独特のダンスを踊っている姿を……」

堀田さんは近松さんと僕の顔を見比べるようにして見た。

「信じてくれるかい？」

「……」

しばらく黙って見つめ返し、近松さんは言った。

「堀田さんが見たというなら、見たんでしょうね」

安心したように、堀田さんはこくりと頷いた。

「僕も一応リアリストだからね、あの『白い夜』には何かカラクリがあるんじゃないかと思って色々調べようとしてたんだけど、なんだかんだと忙しくてしばらくそのままになっちゃってさ。そうこうしてるうち、今回コマで白塗りの劇団がマスクを着けてカレル・チャペックの芝居を演《や》るって聞いて、もしかしたら何か関係あるんじゃないか……と、こうして観に来た訳なのさ」

「そうですか。堀田さんに観てもらえて、改新派はラッキーでしたね。……それで、何か関係はありそうでしたか？」

「いや……。役者たちが全員舞台の上でマスクをしてるってのは確かにあの夜見た光景に似てたけど、僕が見たマスクを着けた白い顔の人たちは、生気なく蒼白い顔をしているというか……やっぱり白塗りとは違う雰囲気だったんだよな。劇団の彼らも二月は東京にいなかったそうだし。それに、白塗りの劇団っていっても、彼らは別に艮の暗黒舞踏を継承してる訳でもないみたいだし……」

「アンコクブトウ？」

聞きなれない言葉を、僕は思わず繰り返してしまう。

堀田さんは呆然と僕を見た。

「今の若者に、もう暗黒舞踏は通じないのか……。忠ちゃんの孫でもダメか……」

あまりにも淋しげな堀田さんの表情に、僕は慌てて取り繕う。

「あ、いや……。なんか……踊りですよね？　とても特徴的な。ね？　近松さん？」

助けを求める僕を一瞥し、近松さんはすっとその場に立ち上がった。

「従来の形式的なダンスの価値観を否定した、躍動的、かつ原始的な身体表現」

両腕を不思議な角度にくねらせ、近松さんは片足で力強くドンと床を踏み鳴らした。

「上手い上手い！　太郎君、やるじゃないか」

機嫌よく手をたたき、堀田さんは明るい表情に戻って近松さんを見上げた。

元のソファーに座り、近松さんは少し照れたように応えた。

「艮のダンス映画は何本か観ましたからね。あの独特な動き、誰でも真似して踊ってみたくなるもんです。……堀田さんが見たのも、艮を真似て踊る若者か酔っ払いか何かだったんじゃないですか？」

「いやいや――」堀田さんは大きく首を横に振った。

「いくら上手くても真似なら判るさ。開かずの踏切の向こうに見えたあの舞踏……佇まいから細部の動き、姿かたちに至るまで、あれは寸分違わず艮雄一本人に間違いなかった」

断言し、そして堀田さんは僕を見た。

「君のじいちゃんも、艮の舞踏を高く評価していたよ。けどそれ以前に、僕と忠ちゃんと彼は、同じ小劇場の時代を生きた同志でもあった。三人で飲んだりもしたさ。舞踏の表現が鬼気迫るものだったから、世間からは気難しい変人と思われてたけど、一旦打ち解ければ、艮はとにかくシャイで真面目な、とても気の良い男だった。三人の中で一番年下だったのに、一番最初に死んでしまった。結局、年の順とは逆に、艮も、忠ちゃんも、僕を残して先にあの世に行ってしまった……」

堀田さんは淋しげに天井を見上げた。

「あの夜見たのが本当に艮本人だったのだとしたら、僕があっちの世界に行く日も、多分きっと近いんだろう。向こうで艮や忠ちゃんと再会できるなら、それは願ってもないことだ。この歳になりゃ、死ぬのだって怖くはない。ただ……」

近松さんの目をじっと見つめ、堀田さんは言った。

「下北の街と芝居のために、もう少しやっておきたい仕事が僕には残ってる。それを続けて良いものか、それとも一旦区切りをつけて、僕は自分の仕事を君たちに引き継ぐ準備を始めるべきか……それが、僕の今一番の悩みなのさ」

「………」

しばらく黙って堀田さんを見つめ返し、近松さんはこくりと頷いた。

「……つまり、白い夜に見た艮さんが、あの世からの使者なのか、そうでないのか、堀田さんははっきりさせたい――そういう訳ですね」

「うん。まぁ……そういうことかな」

「わかりました――」力強く言い、近松さんは微笑んだ。

「堀田さんに弱気になられちゃ下北の皆が困ります。お役に立てるかわかりませんけど、俺と彼で、その真相を探ってみましょう」

近松さんは確認するように僕を見た。僕は頷いた。

堀田さんのために何かできるのは、僕にとってもとても嬉しいことだ。

2

堀田さん来訪の四日後、六月二十九日の土曜日、僕は初めて近松さんと二人で旅に出た。

目的地は三軒茶屋。「旅」なんて言い方は明らかに大袈裟な、下北とバス一本で繋がっているご近所だ。しかし、東京に出てきてから通学以外で下北を出ることはほとんどなく、近松さんともほぼイーストエンドでしか会ったことがなかった僕にとって、近松さんと二人で下北の外に出るのは、なんだか旅のように思えたのだ。

僕たちが目指す旅の最初の目的地——それは三軒茶屋にある艮雄一の墓だった。

お昼少し前、バスは北沢タウンホールのバス停を出発した。車内はそんなに混んでいなかったので、僕たちは最後列のシートの真ん中に広々と陣取った。

「公演中の土曜日なのに、事務所を留守にしてよかったんですか？」

何となく尋ねた僕を、近松さんはちらりと見る。

「昨日お前が授業で動けなかったんだから仕方ないさ。今日を逃すと次のチャンスは十一日後だからな」

次のチャンスは十一日後？　それはどういう意味だろう？

僕が疑問を口にするよりも先に、近松さんは僕の最初の質問に答えてくれた。

「今日はうちで何かあったらザ・センナリの事務所で対応してくれることになっている。堀田さんのためとあらば、成子さんも薫さんもいくらでも協力してくれる。俺たちにとって堀田さんはそういう人なのさ」

「そうなんですね。……けど、次のチャンスが十一日後っていうのはどういうことなんですか？」

「ああ、それは——」走り出したバスの車窓に流れる景色を眺めながら、近松さんは言った。

「原始の『祈り』に近いものとして舞踏を捉えていた艮は、民間信仰や陰陽五行説なんかを舞踏の考えに取り入れていた。艮は自分の名前に通じる丑と寅の日に街頭に出て祈りの舞踏を踊っていたそうだ。昨日が丑の日、今日が寅の日。干支は十二日で一周だから、次の丑の日は十一日後という訳だ」

「へぇ……」

十二支は年単位のものかと思っていたけれど、一日毎にも十二支はあるようだ。近松さんの話で僕は初めてそれを知る。

近松さんは続けた。

「堀田さんに例の『白い夜』がいつだったのか正確な日付を確認してもらった。あの人が艮の姿を見たのは二月十七日の夜十一時頃。寅の日だ。つまり生前と同じ法則で、その謎の艮氏は街頭に姿を現していた」

「生前と同じ法則で……ってことは、やっぱり、それは艮さんの幽霊だったたってことなんでしょうか?」

「堀田さんにそう報告してみるか?」

「いや……。すいません」

「教えてもらった日付からその日の干支も判ったが、他に判ったこともある。小田急の駅員に確認したら、その日のその時間帯、駅地下化の路線変更工事の関係で、いつもより長く踏切が閉じ、実験用の無人列車が走行する状況が確かに発生していたらしい」

「じゃあ、踏切が長時間閉まってたっていうのは……」

「そうだ。それは現実の出来事だった。踏切があの世とこの世の境界だった……そんな世にも奇妙な物語でなかったことは確かだ」

「でも、今日三茶のお墓に行くっていうのはどうしてなんですか？　なんだか、怪談っぽい話を想像しちゃうんですけど……」

「墓と聞いて怪談を想像するなんて、女の子を見てすぐスケベなことを想像するのと同じだぞ」

「え？　そんなつもりじゃ……。すいません……」

赤面でもしてしまったら恥ずかしい。僕はあわてて俯いた。

「今日、六月二十九日は奇しくも艮一雄の命日だ」

僕は顔を上げる。

「命日……それって、つまり……」

「命日で艮の幽霊を連想するのは――」

「はいはい！　そんなこと考えてませんってば！」

からかわれるのを用心して、僕は声を大きく近松さんの言葉を遮った。

僕の大声に、二列前のシートに座る女の子たちが驚いた様子で振り向く。

「あっ……すいません」

誰にとはなしに小声で謝り、僕は再び俯く。

ふっ――と笑い、近松さんは話を続けた。

「艮には離婚した奥さんがいるそうだが、堀田さんとは交流も途絶えて、今、どこでどうしているのかわからないらしい。元奥さん、あるいは親類、他の関係者、艮の事を知る誰かが今日墓参りに来る可能性はなきにしもあらずだ。何か話を聞けるかもしれない。まぁ、それほど期待はできないがな……」

顔を上げると、近松さんは窓の外に視線を向けていた。

からかわれたのをまだ少し根に持って、僕は近松さんが見ているのと反対側の窓の外を眺める。

代沢十字路というバス停を過ぎてから、通り沿いには飲食店や通行人が増えてきていた。通ったことのない道だけど、にぎやかな三茶の商圏内に入りつつあることを何となく僕は感じた。

その時だった。

対向車線の向こう側、バスの進む先の歩道に僕の目は釘付けになった。

「近松さん……」

「何だ?」

「艮さんって、白いドレスに花飾りの帽子をかぶった姿で踊ってましたよね」

事務所での留守番中、予習のために動画で観た艮雄一の格好を僕は口にした。

「ああ。『ラ・クンパルシータ考』の時の衣裳だな」

「あれ……そうじゃないですかね？」

「ん？　……ンンン？」

こちらを向いた近松さんは咽喉に声を詰まらせるように叫んだ。そして体でぐいぐいと僕を押し、窓にへばりつくようにして走るバスの外を見た。

近松さんと窓に挟まれながら、僕も丁度真横を流れる景色を見る。

奇妙な格好をしたその人は、雑貨屋から出て来た様子のカップルと立ち話をするようにして立っていた。

こちらに背を向け、つばの広い帽子に遮られ、その顔はまったく見えなかったけれど、ドレスも帽子も、そして少し猫背がちな長身のシルエットも、僕が動画で観た艮雄一の姿そのものだった。

「降りるぞ、タケミツ！」

力強く降車ボタンを押し、近松さんは席を立ってドアの方へと早足で歩いて行った。

僕も後を追う。

他の乗客たちに不審げに眺められるのは恥ずかしかったけど、そうは言っていられない。近松さんに追いついて、僕はドアの前に立った。

しかし、バスはなかなか停まらない。

＊

次のバス停で飛び降り、僕たちは元来た道を駆け足で戻った。

息が上がりかけた頃、少し先を走っていた近松さんは頭の上で手を振りながら立ち止まった。

こちらに向かって歩いてきていたさっきのカップルを、近松さんはつかまえていた。

走ってきた見知らぬ男に手を振られ、カップルは怪訝な顔をして身構えている。

追いついた僕の隣、近松さんは息を切らしながら二人に言った。

「突然すいません、バスの中から派手な格好の人と話してるあなたたちの姿を見て……。あの人、どこに行きました？」

近松さんと僕はカップルの背後、歩道の先に目を向ける。

しかし、あの目立つ姿は見当たらない。

「艮さんのことですか？」

男性はさらりとその名を口にした。

「そうです、艮雄一！　あなたたち、さっき立ち止まって彼と話してましたよね？」

「ええ、話してましたけど……」

「確かに彼は艮雄一でしたか？」

「確かに……って言われたら、俺もよくわかんないけど――」困ったように首を傾げ、男性は隣の女性に目を向けた。「……アレ、確かに艮雄一だった？」

少し不機嫌そうに女性は応える。

「そもそも私、その人知らないし。上京して初めて有名人に会えたって、君一人ではしゃいでただけじゃん」

困ったような視線を僕たちに戻し、男性は言った。

「俺も古本屋の写真集なんかで見て知ってたってだけだし、確かかどうかって言われると自信ないですね。まぁ、あんな格好してる人、他にはいないだろうから多分本人なんじゃないですか？『艮さんですよね？』って声掛けたら立ち止まってくれたし、サインもくれたし」

「サインをもらったんですか？」

「はい。もらいましたけど」

「見せてもらえませんか？」

「え？」男性は眉をひそめた。

「……さっきからあなたたち、一体何なんですか？　あの人の熱烈なファンか何かですか？」

「あ、名乗りもせずにすいません。俺は下北の小劇場、センナリ・コマ劇場の支配人の近松といいます。そして彼は助手の竹本。艮さんについて調べていて、三茶の墓に向かう途中あなたたちを見かけたんで、バスを降りて急いで戻ってきたんです」

「え？　センナリ・コマ劇場って、ザ・センナリと同じ、イーストエンドの？」

「ご存知ですか。どうも」

男性の表情が一気に明るくなる。

「マジすか！　なんか雰囲気ある建物だから、一度行ってみたいと思ってたんですよね。センナリの人が艮さんを探してるんなら納得です。……サイン、これです。あの人が自分の持ってたレシートの裏に書いて渡してくれたんですけど……」

男性は財布の中から取り出したレシートを近松さんに差し出した。

近松さんが受け取ったレシートを僕ものぞき込んだ。

ごく普通の細長いレシートの裏面に、おそらく「Y」「U」というアルファベットが癖のある筆記体で書かれている。

サインを見つめる近松さんに、男性は愉快気に言う。

「俺のノートか何かに書いてくれればいいのに、『サイン下さい』って言ったら自分のポケットから取り出したそれに書いて渡してくれて……。見た目の通り、やっぱりちょっと風変わりな人ですよね。……それ、本物ですかね？」

裏返し、レシートの印字面をじっと見ながら近松さんは応える。

「自分の持ち物にサインを書いて渡すのが彼のスタイルだったらしいので、その点に矛盾はないです。……サインも、堀田劇場の壁に書かれていた彼のサインとほぼ同じですね」

「じゃあ、やっぱり本物だったんですね！　センナリの人の保証付きだ！」

喜ぶ男性をちらりと見やり、近松さんは言った。

「で、彼はどこに行ったんですかね？」

「さぁ……。俺たちと逆の方向に歩いて行ったから、下北の方なんじゃないですかね？……良さんを無事つかまえられたら、センナリの舞台に出てもらうつもりなんですか？もしそうだったら観に行きますよ。サインをもらっといてなんだけど、俺、あの人のこと見た目のインパクトで覚えてただけで、どんな人なのかよく知らないんですよね」

近松さんはちらりと僕を見た。男性にどう答えるか、一瞬迷った様子だ。

目の前の二人を見渡し、近松さんは首を横に振る。

「いや……良雄一がセンナリの舞台に立つことはないと思います」

「え？　そうなんですか？　でも、じゃあなんで探してるんです？」

「………」

答えに再び迷う近松さんに、横で聞いていた女性が声を掛ける。

「さっき、三茶の墓に向かう途中――って言ってましたよね？　あの人と一緒に誰かのお墓参りに行く……とかですか？」

「いや……」

少し黙って近松さんは言った。

「三茶の墓は艮雄一の墓なんです。彼はもうとっくの昔に死んでるんです」

「えっ！」身を縮めて女性は叫んだ。

「やだやだ！　こわいこわいこわい！」

女性の大声に、僕たちは皆ビクリとする。

男性は呆然とした様子で言った。

「じゃあ、さっき俺たちが会ったのは……。誰なんですか？」

「我々もそれが知りたいんですよ。サインの他、何か話しませんでしたか？」

「いや……。立ち止まってサインはくれたけど、あの人は結局一言も喋らなかったから。

……東京じゃ、昼でも幽霊って出るもんなんすかね」

話しながら徐々に青ざめ、そして男性は黙り込んだ。

男性の問いには答えず、近松さんは二人に向かって頭を下げた。

「ありがとうございました。ちょっと後を追って下北の方に進んでみます。……じゃあ、これ」

近松さんはレシートを差し出した。

受け取ろうと男性が手を出すと、女性が制止するようにその腕を掴んだ。

「ちょっと、そんな気持ち悪いもの受け取らないでよ」

「え……。だって、せっかくもらったのに……」

「幽霊が書いたんだとしたら怖いし、そうじゃなかったらただの偽物でしょ？　どっちにしてもそんなの持っててどうするの！」

近松さんに顔を向け、女性はニッコリと微笑んだ。

「私たちそれいらないんで、よかったらどうぞ」

「いや、でも、持ち主は彼だから――」

レシートを差し出したまま近松さんは言った。しかし女性の言葉に納得したのか、男性も受け取ろうとした手を引っ込めて不器用な笑みを浮かべた。

「いや、俺も大丈夫です。記念に、どうぞ」

「……わかりました。じゃあ、センナリに来た時は是非一階の事務所に寄って下さい。今日のお礼にコーヒーの一杯でも入れますから」

改めて一礼し、近松さんは下北の方に速足で歩きだした。僕も二人に頭を下げ、近松さんの後に続いた。

3

曲がり角の先一つ一つを確認しながら茶沢通りを北上し、僕たちは謎の艮氏と再会できぬまま下北沢まで戻ってしまった。

下北までの道中に姿がなかったということは、代沢の交差点で別路線のバスに乗って渋谷か経堂方面に行ってしまったのか、あるいは、この近辺の目的地に到着してしまったのか……そのどちらかの可能性が高いのではないかと近松さんは推理した。

当然ながら、近松さんは探し人を幽霊だとは全く思っていないようだった。

しかし、幽霊ではない生身の人間だとして、あの人物はどうして艮さんと同じ格好をして、どうして艮さんと同じサインをするのだろう？　僕は一歩先を歩く近松さんに尋ねてみたが、近松さんは「今のところまだ何もわからない」と答えるだけだった。

近松さんの後について歩き、到着したのはイーストエンドではなく下北沢の駅だった。

「あれ？　事務所に戻らないんですか？」

「ああ。できれば彼の命日で寅の日の今日、何でもいいから何か手掛かりを摑みたい。せっかくニアミスしたのに見失ったのは痛かったが、とにかく手に入った手掛かりを辿ってゆくしかない」

「手に入った手掛かり？　さっきもらったサインですか？」

「ああ、そうだ」

改札を抜け、井の頭線ホームの方へと進みながら、近松さんはポケットから取り出したレシートを僕に手渡した。

さっき見た時以上の情報を、サインからは読み取ることはできそうになかった。僕は歩きながらレシートの印字面を見た。

少し時間が経っているのか、感熱紙の印字は薄く消えかかって、金額明細だったと思われる数行と、行頭に大きめに印字された「〇〇薬局」という文字、そしてそれに続く「西三条店」という文字――目を凝らしてもそれぐらいしか読み取ることはできなかった。

「薬局のレシートですかね？　西三条店？……京都とか奈良……ですかね？」

「いや、そんなに遠い場所じゃない――」ホームへの階段をのぼりながら、近松さんは笑う。

「ほとんど消えかかっているが、電話番号の市外局番がなんとか読み取れるだろ？　０４２２――武蔵野市の番号だ。西三条……そんな名前の通りも、たしか吉祥寺の東急裏辺りにあったはずだ」

「じゃあ、今から向かうのは……」

「そうだ。あの電車だ」

階段を下りてくる人の流れの向こう、ホームに停まった吉祥寺行きの急行に目を留め、近松さんは残りの階段を急ぎ足に上った。


車両端、三人掛けのシートに近松さんと僕は二人で座った。

手に持ったままだったレシートのサインを、僕はもう一度眺めてみる。

たとえばあの人物が良雄一の熱烈なファンやコスプレイヤーだったとして、格好を真似るまでならともかく、サインまでそっくり真似たりするものだろうか？

そこまでするのは、なんだかコスプレのマナー（？）を超えてしまっているような気がする。

そしてこのレシート。

果たしてこんなレシート一枚を頼りに、あの謎の艮氏に辿り着くことなんてできるのだろうか――？

YとUらしき癖のある文字を見つめる僕の隣で、近松さんがつぶやくように言った。

「薬局のレシートを頼って死んだ男を探すだなんて、まるでカレル・チャペックの戯曲みたいだな」

「カレル・チャペック？　……『白い病』のですか？」

「本はもう読んだか？」

「あ……まだです。すいません……」

仕事の一環として、今後はコマの上演舞台の原作戯曲を読むように――三日前に僕は近松さんから指示を受けていた。しかし艮雄一の舞踏の写真や動画の予習を優先したせいで、僕はまだ近松さんに貸してもらった『白い病』の本を読むことができていなかった。

「そうか。まぁいい」

別に怒るでもなく、近松さんは穏やかに続けた。

「カレル・チャペックは第二次大戦前夜のヨーロッパ、チェコスロバキアのジャーナリストで劇作家、児童文学作家で園芸家だ」

「なんだか多才な人ですね。エンゲイカっていうのは……？」

「植物を愛でるエンゲイだな。『園芸家の十二ヶ月』という本がベストセラーになって、日本では劇作家としてよりも園芸家、児童文学者として認識している人の方が多いかもしれない」

一拍置いて、近松さんは続けた。

「働く機械――『ロボット』という言葉を創造したのも彼だ。人間の代わりに働くロボットたちが逆に人間を支配してしまうという未来を、百年以上前、ロボットという言葉を作った時点で彼は既に描いていた」

「なんだか予言者みたいですね」

「予言は言い過ぎかもしれないが、ある状況を想定した場合、その結果どんな問題が生じるか――という予見性と洞察力が抜群に優れた作家であることは間違いないだろうな。『白い病』も、致死性の感染症が流行している軍拡路線の独裁国家で、一人の町医者がその治療薬を発見するという話だ」

「軍拡路線の独裁国家っていうのは……」

近松さんはこくりと頷く。

「ああ。隣国で勢力を伸ばしつつあったナチス・ドイツを暗示している。そんなチャペックを、ナチスはチェコ侵攻後、危険人物として逮捕しようとする。しかし彼はその直前に肺炎で亡くなっていた。代わりにカレルの兄で園芸家のヨゼフが強制収容所に収監され、そこで命を落としている」

「暗い過去の歴史ですね……」

「過去で済めばいいがな」

皮肉っぽく鼻を鳴らし、近松さんは続けた。

「『白い病』の治療薬を発見した医者は、国家のためにその提供を求める独裁者に『軍備を解除、戦争放棄しなければ薬の処方は教えない』と抵抗する。脅されても医者は動じず、彼は普段どおり薬代も払えない貧しい人たちだけに白い病の治療を施す。そうこうしているうち、独裁者も白い病に罹ってしまう。家族に説得され、独裁者は医者に平和を約束する。しかし……」

「しかし？」

ちらりと僕の方を見て、近松さんは言った。

「あとは自分で読むんだな」

「えっ！　気になりますよ！」

「そうだろうな。気にさせるために話したんだ」

ふふふと笑って近松さんは続けた。

「病気以上に、そして、一人の独裁者以上に恐ろしいものは一体何か？　……つまりはそういう話だ。チャペックの本はどれも大人の寓話という趣があって奥が深い。是非若いうちに読んでおくべき本の一つだな」

「わかりました。ちゃんと読みますよ。……で、薬局のレシートを頼って死んだ男を探す——っていうのも、『白い病』と関係がある話なんですか？」

「いや、それはまた別の戯曲の話だ。『マクロプロスの秘密』……『マクロプロスの処方箋』『マクロプロス事件』なんて邦題に訳される場合もある。知っているか？」

「いえ……知りません」

「まぁ、そうだろうな」

電車は永福町駅に停まった。各停から乗り換えてくる乗客の様子を眺め、僕は近松さんの方に少し寄ってもう一人分の席を空けた。しかしその席は埋まることなく電車は再び走り出した。

近松さんは話を再開した。

「薬局のレシートを頼って死んだ男を探す——というのはあくまでもイメージの共通点で、正確にはその反対、不死の女が不死の薬の処方箋を取り戻そうとする——というのが『マクロプロスの秘密』の筋だ」

「……不死の女が不死の薬の処方箋を取り戻そうとする？」

フシという音が多くて分かりづらかったが、口に出して言ってみたことで僕はその意味を理解した。

「いや、少し違ったな——」顎に指を添え、近松さんは考え込む。

「不死じゃなくて『三百年生きられる』薬だったはずだ。その三百年が経ち、再び薬を飲む必要に迫られた女、マクロプロスが不死の処方箋が隠された古城の相続裁判に首を突っ込む――そんな物語だ」

「その話には、どんな寓意が込められているんですか？」

「これは『白い病』や『ロボット』ほど重い話じゃない。チェコではチャペックの代表作と目されるほど人気がある軽妙な喜劇だ。しかし、もちろんチャペックのことだ。それだけでは終わらない――」

一拍置いて、近松さんは続けた。

「不死や長寿を願う人間。しかし、ようやくそれを手に入れた人間は、最後にどんな思いにたどり着くのか？　果たして人間に不死は可能なのか？　それがこの戯曲のキモだ」

吉祥寺。終点、吉祥寺です……車内にアナウンスが流れ、電車の速度が落ちてゆく。

僕の指からレシートをするりと抜き取り、近松さんは立ち上がった。

「もしかすると、艮雄一はマクロプロスの処方箋を手に入れた……のかもしれないな」

＊

到着した吉祥寺は下北どころではなく大勢の人であふれた、下北とは比較にならないほど整備されたきれいで大きな街だった。

長い駅ビルを抜けて地上に降りた近松さんと僕は高架下の横断歩道を渡り、中道通りというアーケードのない商店街へと進んだ。近松さんいわく、このあたりが東急裏というエリアの入口らしい。

駅周辺ほどではないけれど、人の多い道できょろきょろする僕に近松さんは言った。

「吉祥寺は初めてか？」

「はい。すごい人ですね……」

「土日はとんでもなく混む街なんだ、ここは。平日に出直してみるといい。全体的にのんびりしているし、人気のメンチカツも平日ならそれほど並ばなくて済む」

「メンチカツ！　美味しいんですか？」

思わず前のめりになった僕の顔を、近松さんは面白そうに眺めた。

「好きなのか？」

「はい……大好物です」

「ジューシーだぞ、サトウのメンチカツは。肉汁が、ジュワッと……」

「肉汁が……ジュワッと……」

おっと――と言って立ち止まり、近松さんは曲がり角にある道路表記の看板を見上げた。

「ここだ。西三条通り」

メンチカツの話は強制終了となり、近松さんは角を曲がって進んでゆく。

細い脇道。点在する雑貨屋や飲食店に紛れ、ひっそりとその薬局はあった。

自動ドア正面の受付カウンター、白衣の女性が笑顔で僕たちを迎えた。

「いらっしゃいませ。こんにちは」

「こんにちは。ちょっとお尋ねしたいんですが」

「はい、なんでしょう?」

「このレシートはこちらのものでしょうか?」

近松さんが差し出したレシートを見つめ、女性はこくりと頷いた。

「……ええ、そうみたいですね。どうかされました?」

「よかった!」喜ぶような、ほっとしたような品の良い笑顔を作り、近松さんは言った。「実は人を探していて、数少ない手掛かりがこのレシートなんです。踊りをしているすらりとした、独特な身ごなしの男性で、ドレスのような服や派手な帽子……もしかすると白塗りの格好で現れたりするかもしれません。そんな人物に、心当たりはないでしょうか?」

「ああ――」

流暢に話す近松さんのペースに乗せられ、女性は一瞬誰かを思い出したような表情を見せた。しかし、すぐにその表情を消し、不審者を見るようなまなざしで近松さんと僕を見つめ直した。

少しでも信用してもらえるよう、近松さんにならって僕も精一杯感じの良い表情を作る。

考えてみれば、ここは何よりも個人情報を大事に守っている場所のはずだ。謎の良氏がこの薬局の客だったとしても、どこの誰だか教えてもらうことなんて不可能じゃないだろうか？

「……責任者を呼んできますので、ちょっとお待ち下さい」

表情を硬くしたまま、女性はカウンター奥の調剤室へと消えた。

作り笑顔を崩さずに正面を向いたまま、僕は隣の近松さんに小声で言う。

「この薬局で合ってたみたいですね。……責任者に確認して、何か教えてくれますかね？」

近松さんも同じく小声で応える。

「いや、責任者に俺たちを追い払わせるつもりだろう」

「ですよね……」

しばらくして、最前よりも年長の白衣の女性が一人、警戒するような硬い表情で奥から現れた。

「責任者の岩槻《いわつき》と申します。失礼ですが、あなた方はどちら様？」

「はじめまして――」姿勢美しく近松さんは挨拶する。

「下北沢の小劇場、センナリ・コマ劇場の支配人をしています、私はウィリアム近松と申します。そして彼は助手の竹本光汰朗。所在不明のとある舞踏家を探していて、なんとかこちらまでたどり着くことができました。お忙しいところお手間を取らせて大変申し訳ありません」

ポケットから名刺を取り出し、近松さんは責任者の岩槻さんに差し出した。

受け取った名刺をしばらく眺め、岩槻さんは無表情のまま僕たちの顔を見渡した。

「あなた方がどなたなのかはわかりました。センナリの方というなら、それなりに信用してもいいかもしれません。私もお芝居は好きだから、伺ったことはありますよ。……けど、ご承知の通りここは薬局です。お客様の個人情報を第三者にお教えすることは決してありません」

「それはもちろん、ごもっともです――」こくりこくりと頷き、近松さんは言う。

「その人の処方や名前、住所なんかの個人情報は、教えて頂こうとも、教えて頂けるとも、全く思ってはいません。ただ、どうにかしてその人に会う糸口だけ摑めれば……。岩槻さんも舞台がお好きならご存知じゃありませんか？　暗黒舞踏家の艮雄一」

「……………」

反応を示さない岩槻さんに、近松さんは続けて語り掛ける。

「今日、我々は三軒茶屋近くで彼の姿を目撃しました。しかし、彼は三十年近く前に亡くなっているはずです。我々が見たのは彼の幽霊なんでしょうか？」

「そんなことは、きっとないでしょうけど……」

ためらうように口ごもり、岩槻さんはあらためて首を横に振った。

「私、その暗黒舞踏家の何とかという人は知りませんし、お教えできるようなことは何もありません」

「艮雄一、ご存じないですか？　けど、こんな踊りをどこかでご覧になったことはないですか？　艮雄一本人というより、我々は今、この踊りを踊る人物を探しているんです――」

近松さんは両腕を横にピンと伸ばし、そして、折り畳み傘の骨のようにシュッと縮めた。

くるくると回転しながらカウンターから遠ざかり、待合いの広いスペースで、近松さんは艮雄一風の暗黒舞踏を踊り始めた。

岩槻さんは踊る近松さんを目を丸くして眺めた。

調剤室の入口から、最初に対応してくれた女性と他の薬剤師さんたちが驚いた顔をのぞかせている。

待合の椅子に座った何人かのお客さんたちも、何ごとが始まったのかと興味深げにダンスを観ている。

昨日まで動画で何度も艮の踊りを観て予習していた僕からすれば、それは当然艮の舞踏には到底及ばない物真似レベルの踊りではあった。しかし、近松さんの独特の雰囲気と見栄えの良さで、なんとなくそれなりの暗黒舞踏に見えなくもなかった。

その場の全員と一緒に、僕も呆然と近松ダンスを眺めていた。けど、薬局でこんなことをしたら即刻追い出されても文句は言えない。そうなると謎の艮氏への道筋はここで途絶えてしまう——ハラハラしながら、僕は近松ダンスを見守った。

雨後の折り畳み傘のように、近松さんは手足を縮めてしゃがみ込んだ。

僕の心配をよそに、近松さんは最後まで踊り抜いた。

しばしの静寂のあと、近松さんはゆっくりと立ち上がる。と、待合いの椅子からパチパチと小さな拍手が鳴り、そして客全員の間に拍手が連鎖した。

客たちの方を向いて一礼し、近松さんは受付のカウンターの前に戻った。


「……と、こんな踊りです。最近どこかでご覧になったことはありませんか？」

客の様子を窺うように視線を泳がせ、岩槻さんはふっと息を抜いた。

「皆さん喜んでくれてるみたいだからいいけど、今後薬局で踊るなんて、絶対にダメですよ」

「はい。薬局で踊ることなんて多分二度とないと思います」

ふぅ——とため息をつき、岩槻さんは言った。

「お客さんの情報ではなく、あくまでも今の踊りについての話ですよ。夜、たまに井の頭公園でそんな踊りをしてる人を見かけることはあります」

ガッツポーズこそしなかったものの、隣の近松さんの拳に力が入ったのがわかる。僕も同じ心地だ。

近松さんは尋ねた。

「どの辺りで、どれくらいの頻度で見かけますか？」

「場所は井の頭池の真ん中の七井橋を渡った先、自然文化園の入口がある中の島の辺りです。頻度は……月に二、三回ぐらいかしら」

「ありがとうございます、お邪魔した甲斐がありました！」

近松さんは深々と岩槻さんに頭を下げた。僕も慌てて頭を下げる。

岩槻さんは言った。

「帰り道に見かける、公園で踊っている人の話をしただけですからね。お客さんについての話じゃありません。そこのところは絶対に弁《わきま》えて下さいよ」

「はい、もちろんです！」

近松さんの声に合わせて、僕も改めて頭を下げた。

4

薬局を出た近松さんは堀田さんに電話を掛けた。岩槻さんから教えてもらった目撃時間よりも少し早め、夕方六時に堀田さんと合流する約束をして電話を切り、近松さんは

「さて――」と僕を見た。

「待ち合わせまでまだ時間がある。遅い昼飯にするとしようか。……もう少し、空腹は我慢できそうか？」

「はい、大丈夫です」

「よし――」

近松さんは駅とは逆、東急裏の奥に向かって歩き出した。

後を付いていくと、近松さんは商店街と住宅街の境界のような閑静なエリアまで進み細い路地に入った。路地突き当りのビルの地下、ダンディゾンという名前の、まるでアートギャラリーのような綺麗なパン屋で近松さんはＢＥ20という不思議な名前の小ぶりの食パンを一斤買った。

パン屋を出たあと、近松さんは東急百貨店前の通りを渡ってにぎやかな駅前のエリアへと進んだ。

商店街の広い通りの真ん中、まるで中央分離帯のように長く伸びている行列を見て、近松さんは一瞬「うっ」と怯んだ声を上げたが、黙ってその行列の最後尾に立ち止った。

「近松さん、この行列は……」

「サトウのメンチカツの列だ。平日だったらここまで並ばなくても買えるんだがな……。まぁ、待ち合わせまでの時間つぶしと思えばいいだろう。嫌か？」

「いいえ、全然！」

期待に胸を膨らませ、僕は近松さんと三十分ほど列に並んだ。

なんとか買えたメンチカツの袋を手に再び歩き出し、近松さんと僕は井の頭公園にたどり着いた。

真ん中に池がある広い公園――。

さっきまでの賑やかな商店街と同じ街にあるとは思えない、そこは緑に囲まれて明るい、とても清々しい場所だった。

こんな場所で美味しいメンチカツを食べられるなんて、最高の贅沢だ……。

「近松さん、あのベンチはどうですか？」

「ん？　何がだ？」

「え？　メンチカツを食べる場所」

「いや。念のため、謎の艮氏が公園にいないかを探すのが先だ」

「えっ……」

僕は思わず声を出してしまった。さすがに空腹も限界に近付きつつあった。

「なんだ、そのユニークな絶望の表情は」

ふっと笑い、近松さんは言った。

「なにも公園を歩きまわって探そうって訳じゃない。ゆっくり昼飯を食べながら探せる良い場所がある」

池を渡る長い橋へと近松さんは歩き出した。

対岸のボート乗り場から、近松さんと僕はボートに乗った。

オールで漕ぐ普通のボートは出払っていたので、僕たちはスワンボートのペダルを漕いだ。

細長い池の中央辺りまで進み、近松さんは「よし、この辺りでいいだろう――」と足を止めた。

「公園の遊歩道からは大体どこからでも池を眺めることができる。逆に池の上からなら、ある程度公園全体を見渡すことができる。……さぁ、遅くなったが飯にしよう」

袋から食パンを取り出し、近松さんは二つに割った片方を僕にくれた。小ぶりな長方形の食パンは、半分にすると丁度片手に収まるサイコロ形になった。

「あの店の食パンはオリーブオイルと水、バターと水、バターと牛乳、材料の違いで三つの種類に分かれている。パンだけで食べるならバターと牛乳を使ったものがベストだが、サンドにするならバターと水のこのBE20だ。まずはくり抜くようにして、パンの中身を食べるんだ」

ふわりと裂けた白いパンは見るからに美味しそうだ。

僕は黙って近松さんの言葉に従った。

しっとりとした食感、じわりと口に広がる香り。美味しい……。

パンを食べながら、僕は無言の真顔で近松さんに感想を伝える。

うんうんと頷き、近松さんはビニール袋からメンチカツの紙包みを取り出す。

「そして、次はこれだ――」

僕の手のパンにできたくぼみに、近松さんは袋から転がすように丸いメンチカツを入れた。

「あふれた肉汁を上質のパンが受け止め、そして手の汚れも防ぐからストレスなく食べられる――これが俺のオリジナル、メンチカツサンド吉祥寺スペシャルだ」

「メンチカツサンド、吉祥寺スペシャル……」

思わず繰り返し、僕はごくりと唾を呑む。

近松さんが自分のサンドを作るのを待って、僕は近松さんと同時にメンチカツとパンを齧った。

「……おいしい！」

井の頭池の真ん中で、空腹の僕は言葉とパンをかみしめた。

＊

今までの人生で一番美味しい食事を終えた後、僕は池に沿った遊歩道を監視するためスワンボートのペダルをしばらく漕ぎ続けた。池の周りにはバイオリンを弾く人やジャグリングをする人、何人かのパフォーマーの姿はあったけれど、残念ながら謎の艮氏の姿はなかった。

陸に戻った近松さんと僕はボートでは進入できなかった橋の反対、弁天堂側の池をぐるりと廻って駅方面に向かうことにした。しかし、夕暮れ時の公園、木々の茂った静かなエリアには目的の人物どころか、人の姿すらほとんどなかった。

「僕たちが探してる人って、結局一体何者なんですかね？」

歩きながら尋ねた僕に、近松さんも歩きながら答える。

「そんなの、艮雄一の真似をしている誰かに決まってるだろう」

「それはそうなんでしょうけど……。でも、なんでそんなことをしてるんでしょうね？」

「さぁ。それは本人に聞いてみないとわからないな――」近松さんはちらりと僕を見る。

「俺たちの目的は彼の正体や意図を突き止めることじゃない。堀田さんに彼を会わせて、幽霊じゃなかったと安心してもらうこと、これからも元気でいてもらうこと――ただそれだけだ」

「本当に、幽霊じゃないんですかね……」

「まだそんなことを言ってるのか？　どこの世界に薬局に通う幽霊がいるんだ」

「でも、『白い夜』の下北で、マスクをつけた青白い顔の人が大勢いたっていう方の話は……」

「あの日の四日前、下北では天下一天狗道中というイベントが開催されていた」

「天狗道中？　なんですか、それ？」

「天狗やカラス天狗に扮装した人が街を練り歩く商店街企画のお祭りだ。メインの行列は日中だが、宵闇行列というのもある。今年の反省と次回の予行演習で、青年会が新企画の実験でもしてたんじゃないかと、今のところ俺は思っている」

「でも、マスクを着けて行列なんかして何が面白いんですかね?」

「さあな。鼻の長い天狗の面を着けて行列するのがアリなら、逆に鼻を隠したマスクもありなのでは——とでも思ったんじゃないか? 誰かが突拍子もないことを思い付いたとしても、とりあえず一旦はそれを受け入れてみる。下北はそんな懐の広い街だからな」

近松さんは愉快そうに笑った。


公園を出て近松さんが向かった先は駅の近く、いせやという焼き鳥屋だった。

火事と間違えてしまいそうなほど煙が立ち上る一階のカウンターの脇、階段を上がった二階の座敷で堀田さんは一足先にビールのグラスを傾けていた。

近松さんに気付き、堀田さんは笑顔で手を振った。

「どうも——」挨拶を返し、近松さんは堀田さんの正面に腰を下ろした。

僕も隣に座る。

堀田さんはにこやかに言った。

「悪いね、色々面倒かけちゃって。……しかしさすがだな太郎君は。もう見つけちゃうんだもん」

「いえ、まだ見つけた訳じゃありません。運が良ければ今夜吉祥寺で遇える可能性が高いというだけです」

「うんうん、それでも充分だよ。まぁとりあえずご苦労様ということで、好きなもの頼んでよ」

堀田さんは手を上げてホールのお姉さんを呼び、近松さんと一緒に焼き鳥やその他いろいろおつまみを頼んだ。二人が頼んだ注文だけで十分おなかがいっぱいになりそうだったので、僕はとりあえずコーラだけを頼んだ。

注文が終わってすぐに運ばれてきた近松さんの冷酒と僕のコーラ、そして堀田さんのビールで乾杯をして、僕は近松さんの指示で今日一日の出来事を堀田さんに伝えた。相槌や質問を挟みながら、堀田さんは楽しそうに話を聞いてくれた。メンチカツサンド吉祥寺スペシャルの件まで話が進んだ時、焼き鳥が盛られた皿が僕たちの卓に運ばれてきた。

焼き鳥の山を目の前にして、堀田さんはにんまりとして言った。

「いせやの焼き鳥サンド、吉祥寺スペシャルってのも悪くないかもしれないねぇ」

「それもありですねぇ……」

香ばしいタレの匂いにうっとりして応える僕の隣、近松さんは皮の串を一本手に取って言った。

「焼き鳥サンドなら、ダンディゾンの食パンよりもリンデのドイツパンの方が合うでしょうね、多分」

「太郎君、いつもコンビニ弁当とゆで卵ばっかり食べてるのに、なんでそんなにパンに詳しいの？」

「向こうにいた時はパンぐらいしか美味いものがありませんでしたからね」

「ああ、父上のお国ね。料理に難ありって噂は本当なんだ」

「まぁ、好みと慣れの問題だとは思いますけどね。……じゃあ、いただきます」

近松さんが食べ始め、僕たちの焼き鳥の宴が始まった。走ったり歩いたり、ボートを漕いだり……普段以上に動いた一日だったせいもあってか、メンチカツサンドを食べてからそれほど経っていないのに焼き鳥の山はどんどん裸の串になっていった。

お代わりのビールを手酌で注ぎながら、堀田さんは機嫌良く僕に言った。

「いつの時代も、若者の食いっぷりというものは良いもんだね」

「きっと、色んな舞台関係の人や役者さんとお食事されてきたんでしょうね」

「ああ、君のじいちゃんとも何度も呑んださ。もちろん艮ともね――」

しみじみとグラスを傾けながら、堀田さんは僕と近松さんを交互に見つめた。

「映画全盛時代、高度成長期、学生運動の頃、バブルの頃……八十年も生きてると、嫌でも解るようになるものさ。年功序列に関係なく人は生きて、死んでゆく。朝《あした》見し人は夕べの露。昨日までの日常や常識が明日も続く保証なんて何もない」

堀田さんはじっと僕を見つめた。

「しかし、いつの時代も変わらないものは確かにある。それは若者の食欲と、若さ自体がもつ無限の可能性さ。……いや、そうじゃないな」

少し酔っているのか、堀田さんは恥ずかしそうに自分の言葉を打ち消した。

「いつの時代もこんなことを言っている年寄りこそが、一番相変わらずなのかもしれないな。……まぁ、これぱっかりは年をとらないと気付けないことだろうから、仕方のないことかもしれないがね」

寂しげに笑い、堀田さんはグラスのビールを飲み干した。

＊

ほどほどの頃合いでいせやを出て、僕たちは夜の井の頭公園に向かった。

ほろ酔い気分の堀田さんは軽やかな足取りで歩きながら近松さんに尋ねた。

「そういえば、マスクを着けた人たちのことについては何かわかったの？」

「いえ、わかりませんが、今のところ天狗道中のパフォーマンスの練習か何かじゃないかと思ってます」

「天狗道中のパフォーマンス？」

堀田さんはハハハハハと笑い飛ばした。

「パフォーミングアートの世界で、僕は長年生きてきたんだぜ？ 皆が皆マスクをして死人のように歩くだけ——そんな辛気臭くてつまらないパフォーマンスなんてあるもんか。何かを表現しようとしているのか、していないのか、それぐらい僕にだってわかる。あんなのはアートじゃない。むしろアートとは逆の……」

公園へと降りる広い階段を下りながら、堀田さんは「ん？」と言って足を止めた。

「どうしたんですか？」

僕が尋ねると、堀田さんは階段の下、暗い池の周囲へと延びる遊歩道の先に目を凝らすそぶりを見せた。

「今、向こうに歩いて行った一団、マスクしてなかった？」

「え？」

堀田さんが眺める先に僕も目を向ける。

点々と街灯が照らす暗い道の先、数人の後ろ姿が小さく見える。しかし、遠く道の先を歩く人たちがマスクをしているかどうか、僕の位置から確認することはできなかった。

「たしかに、一人はマスクを着けてましたね——」立ちつくす僕らの横で近松さんが言った。

「でも、風邪か花粉症か、必要があれば誰だってマスクぐらいするでしょう。確かに、そんなのはアートでもなんでもない。ただのありふれた日常ですよ」

近松さんを先頭に再び歩き出し、僕たちは池のほとりにまで進んだ。

真っ暗な池の上、対岸へと伸びる七井橋の足元には点々とオレンジ色の光が灯っていた。昼間と違って池にボートは一艘もなく、橋の上にも人の姿はほとんどない。その景色は静謐で、なんだかとても神秘的だった。

「橋を渡った先に彼がいるかいないか——そればかりは今日の彼の気分、そして、俺たちの運次第です」

近松さんが橋への第一歩を踏み出す。

ほんのり明るい橋の上を、僕たちは黙って進んだ。

普段だったら、それはただただ心地よい夜の散歩に過ぎなかったかもしれない。しかし、死んだはずの舞踏家を探す旅——その終着点かもしれない対岸に向かう橋の上は、まるでこの世とあの世の境界のようにも思えた。僕はなんだか緊張した。

橋の真ん中を過ぎた辺りで、僕たちの歩みは止まった。

「……」

橋の向こうの中の島、ライトアップされた大木の脇。歪で不自然、しかし、とても優雅な動きで踊る白い人影が見えたのだ。

「艮……。間違いない。あの踊り……艮本人に間違いない」

堀田さんが呆然として言った。

艮本人を知る堀田さんが断言するように、それは動画で見た艮雄一の舞踏そのものだった。

いくら近松さんが上手く真似ても到底及ばない、まるで無音の踊りから音楽が流れ聴こえてくるような、それは艮雄一の『ラ・クンパルシータ考』に間違いなかった。

5

中の島まで進み、丁度舞踏が途切れたタイミングで堀田さんは震える声で尋ねた。

「艮……なのか？　お前……生きてたのか？」

「……」

動きを止めた舞踏家は黙ったまま無表情に堀田さんを見つめている。

白いメイクはその素顔を絶妙に隠していた。しかし、その顔は堀田さんに近い年代ではなく、活躍していた当時の艮雄一の年代に近いことがなんとなく判った。

亡くなった頃から年をとっていない――もしかしてこの人は本当にマクロプロスの不死の処方箋を手に入れたというのか？

舞踏家と堀田さんの間に入るように、近松さんが口を開いた。

「こちらは下北の堀田劇場のオーナー、堀田正彦さんです。生前の艮雄一とも親交があった方です。今年の二月十七日、下北に白い靄が出ていた夜、踏切の向こうに踊る艮の姿を見たというので、それが誰だったのかを探して、今日ここにたどり着きました。……一体、あなたは何者ですか？」

近松さんの説明に、舞踏家はゆっくりと僕たちの顔を見渡した。

「そうですか……。それはご迷惑をおかけしてしまったみたいで、申し訳のないことでした」

舞踏家・艮雄一として強張らせていた筋肉からすっと力を抜き、背筋を伸ばした男性は礼儀正しく頭を下げた。

「私は上田芳夫《うえだよしお》、ダンサーで多摩美大の講師をしています。身体を用いた表現を探求している者です」

「そうですか――」近松さんは穏やかに微笑んだ。

「艮雄一の舞踏、見事な再現ですね。橋の上からあなたを見た時、堀田さんは『艮本人に間違いない』と呆然としていましたよ」

「それは……大変光栄なことです」

照れたような笑みを微かに浮かべ、舞踏家の上田氏は再び頭を下げた。

近松さんは質問を続ける。

「何故、あなたは艮雄一の舞踏を徹底的に再現しているんです？　しかも行動のスタイルまでも完全に」

「言葉で表現できるなら、わざわざ身体と行動で表現する必要はありません。なので、説明するのは少し難しいのですが……」

一拍置いて、上田氏は続けた。

「能や狂言、歌舞伎といった芸能の定型の身体表現、いわゆる『型』は、何十年、何百年、何代もの時間にわたって継承され、時間を超越して存在し続けています。対して艮雄一は、反伝統、反権威。一代限りの天才的な舞踏家、表現者でした。そんな艮さんの表現、行動を一つの『型』として完全に自分自身の身体で再現すれば、そこには今までの伝統芸能とは違った形で、個人の一生の時間を超越した『表現』の可能性が生まれるのではないか――そんなことを考えて、私はビデオで研究した艮さんの動き、資料で研究した行動様式を、彼が大切にした丑と寅の日に再現するというパフォーマンスを去年から続けています」

「なるほど。それはユニークなパフォーマンスですね。とても面白い。……ねぇ、堀田さん」

「ああ。まずは実験的精神があって、そこに高度な表現が伴っている……僕は大好きだよ、そういうパフォーマンス。まぁ、まんまと惑わされてしまった訳だけど――」

ほっとしたように笑い、堀田さんは上田氏の目をじっと見つめた。

「艮が生きていた訳でも、幽霊だった訳でもなかった。しかし、あなたの表現によって、艮雄一の舞踏芸術は確かに今日、ここに存在していた。彼を知る者としては、懐かしくて、なんだかとても嬉しかったですよ。ありがとう。下北や吉祥寺の街頭だけじゃなく、今度は是非、また僕の劇場で艮のパフォーマンスを再現して下さい」

上田氏は堀田さんを見つめ返し、そして、静かにお辞儀をした。

彼はもう艮雄一の動作を真似てはいなかった。しかし、上田氏ではなく艮雄一が堀田さんに挨拶したように、何故だか僕には感じられてならなかった。


「けど、しかし――」堀田さんは言った。

「前回あなたを下北で見かけた日ですね。あれはとても不思議な夜でしたね」

「あの白い靄が出ていた夜、……でも、どこからご覧になってたんですか？　誰一人、私の周りに人はいなかったと思いますが」

「踏切の反対側から見てたんですよ。随分長い時間、踏切が下りてたでしょ？」

「そうでしたか。確かに、ずっと警報音が鳴り続けてましたね」

「ん？」

不思議そうな表情を浮かべ、堀田さんは上田氏を見つめた。

「踏切のあなたの側には大勢人がいましたよね？　電車が通過した後には誰もいなくなっちゃってたけど……。ほら、全員白いマスクを着けて、なんだかくたびれた雰囲気で……」

上田氏はきょとんとした様子で答えた。

「いいえ。誰もいませんでしたよ？」

「……」

上田氏、僕、近松さん――と、堀田さんは黙って視線をすべらせた。

「天狗道中のパフォーマンスじゃなかったようですね……。もう少し調べましょうか？」

冷静に言う近松さんに、堀田さんは肩をもち上げて笑顔を作った。

「いや、もういいさ。とんでもない偶然が重なって起きた現実だったのか、単に僕が酔っていたのか、あるいは『白い夜』の下北沢は本当に異次元と繋がるのか……。こりゃもう、太郎君の調査でどうにかなる次元の話を超えちゃってるよ」

堀田さんはにこりと笑った。

「そんなことよりも、僕は今、上田さんの公演をうちの劇場で企画したい気分でうずうずしてる。昔、艮と通った居酒屋が多分まだ北口の横丁に残ってるはずだ。……上田さん、艮についての思い出話とあなたの公演についてのご相談に、これから皆で呑みに行きませんか？」

「はい……光栄です」

降って湧いたような話に驚いたのか、上田氏はぼんやりと答えた。

「……よし！　そうと決まれば膳は急げだ！」

皆を先導するように、堀田さんは回れ右して吉祥寺駅の方へと歩き出した。

真っ暗な池に掛かった光の橋を進む堀田さんの背中は、何だかとても頼もしかった。

（了）

歌舞伎を現代風にアレンジした『センナリ小歌舞伎』のシリーズ公演は、藤十郎《ふじじゅうろう》一座の看板演目だった。

主宰・藤十郎が一世一代——今回限り——と銘打って世に放った藤最後の公演『鯉つかみ』。

それは劇団の歴史を更新する大入り、イーストエンドの入口前に連日キャンセル待ちの長蛇の列を作る大当たりの公演となった。

藤が薫支配人に根気強く交渉したものの、劇場の規約で舞台上で水の使用はNG。藤はクライマックスで本水《ほんみず》——本物の水——を使うことが許されなかった。

水の中で役者が立ち回りをして客席に水が飛び散る……それが見せ場の芝居なのに、水の使用が禁じられてしまった『鯉つかみ』。

脚本、演出、主演をこなす俊英・藤十郎は、さて、どうやってこの芝居を料理するのか？

観客のそんな期待に、藤は見事に応えた。

大詰「鯉つかみの場」で水を満たした水盤の代わり、藤は舞台一面に青い鯉のぼりを敷き詰めたのだ。

客席からだけでなく舞台の上から見ても、それはとても美しく、幻想的な眺めだった。

私が演じる小桜姫に恋をして、姫の許嫁《いいなずけ》・志賀之助《しがのすけ》に化けた「鯉の精」が藤の役。

鯉の精と立ち回りをする小桜姫の家臣・篠村次郎を藤の親友で劇団の副代表、大野《おおの》が演じた。

そして、立ち回りの最後に登場して鯉の精を討ち取る本物の志賀之助役を藤の愛弟子《まなでし》、私の同期の猫井《ねこい》が勤めた。

その千秋楽の大詰で、あの奇妙な事件は起きたのだった。

床の鯉のぼりの中をくぐることで水中に潜ったように見せる大詰の演出。一番大きな鯉のぼりの中に舞台袖から潜り込み、藤はいつものように匍匐前進で舞台中央に向かって進んでいた。

その間、大野は目に見えない鯉の霊力と一人立ち回る芝居を続けていた。

藤が舞台の真ん中辺りまで進んだタイミングで大野が鞘から宝剣を抜く——と、予定通り舞台が暗転、大音量の雷鳴が劇場に轟いた。

前日までの進行ではその直後の明転、立ち上がった藤がもがきながら鯉の口から出てきて最後の立ち回りに入るはずだった。しかし、明転する直前、最前列の客が「キャッ！」と短い悲鳴を上げた。

舞台が明るくなると、舞台中央、鯉の中にいた藤の姿は影も形もなくなり、辺りは一面水浸しになっていた。

剣を振り上げた大野は呆然として固まっていた。

舞台後方で立ち回りを見守っていた私も、何が起きたのかしばらく理解できなかった。客たちはそういう演出だと思ったのか、一瞬の沈黙の後、大きな拍手喝采が客席に巻き起こった。

そのタイミングを逃さず、猫井がいつものように派手な足音を立てて下手から登場した。藤と立ち回る代わりに鯉のぼりをつかみ、猫井はまるで鯉と闘うかのような芝居をしながら水びたしの鯉のぼりを振り回した。

客席に水が飛び散った。歌舞伎の本水さながら、客席は大盛り上がりに盛り上がった。猫井のアドリブのおかげで、芝居は途切れることなく続いた。

藤の行方が気になって、私は猫井のアドリブに芝居を任せて静かに舞台を捌《は》けた。裏方として舞台裏に控えていた同期の真由美《まゆみ》に藤を見なかったか私は尋ねた。彼女は見ていないと言った。

下手側の通用口から外に出るには彼女の前を通らねばならない。しかし、藤も誰もそこを通っていないと言う。私は舞台裏を駆け回った。しかし、藤の姿はどこにもなかった。

上手側、私は楽屋と事務所がある廊下に出た。

楽屋にでもいるのだろうか？――私はノックして男性楽屋の扉を開いた。誰もいなかった。ドア正面の突き当り、窓の鍵が掛かっているのを私は遠目に確認した。念のためもう一方の女性楽屋にも入ってみたが、藤の姿はそこにもなく、こちらも窓の鍵は掛かっていた。

私は廊下を走ってロビーに出た。入口の受付スタッフに私は尋ねた。しかし、藤はロビーにも現れておらず、当然入口から外に出てもいなかった。

「――どうしたんだい？　なっちゃん」

駆け回る私の気配に気付いたのか、事務所で一人仕事をしていた薫支配人がロビーに姿を現した。

「薫さん……」私は支配人に事情を説明した。

「藤君が舞台から消えた――?」不思議そうに首を傾げ、支配人は場内の捜索を手伝ってくれた。しかし、藤の姿はどこにもなかった。そして窓に鍵の掛かった男性楽屋の片隅に、支配人は藤が着ていた衣装――鯉柄の浴衣の片袖が落ちているのを発見した。劇場に残っていた藤の痕跡はただそれだけだった。

あの日、ザ・センナリの舞台の上から、劇場の中から、藤十郎は忽然と姿を消した。

しかしそれだけではなかった。

藤はそのまま、この世からも姿を消してしまったのだ。

ACT 5 藤十郎の鯉

Fuji Juro's Love

1

六月下旬、初夏の午後。

近松さんにおつかいを頼まれた玉井屋の煎餅を手にイーストエンド脇の坂道を登っていると、二階の事務所から甲高い声が漏れてきた。

「コイ、ツカミソコナッタァー」

なんだ？　歌舞伎もどきのこの変な口調？　坂の上、鉄の外階段を数段上り、僕はベランダ側から二階の事務所に入る窓をそっと開いた。

真正面の応接セットにはこちらに背を向けてばあちゃんと和田制作部長、そして対面に薫おじさんと近松さんが座り、並んだデスクの自席にはダイクさんとまりやさんが着席している。

勢揃いしたイーストエンドの面々は応接セットの脇、広くなったスペースで歌舞伎の見得のようなポーズを決めた長身の男性を見上げていた。

丁度窓の方を向いていたその男性はちらりと外の僕を見た。

しかし話の腰は折れないといった様子で、男性は身振り大きくそのまま熱弁を振るった。

「……と、今のが水のないパターンです。どうです？　別に面白くもなんともないでしょ？　で、次が本水アリのイメージ――」

足元の大きなペットボトルを手に取り、その人は再び見得を切るように大胆に体を動かす。

「コイ、ツカミソコナッタァー」

キャップの開いたペットボトルからバシャバシャと水がこぼれ、薫おじさんと近松さんは「うわっ！」と、和田さんは「きゃっ！」そしてばあちゃんは「あらあら」と言って水を避けた。

皆の反応を満足げに眺め、男性はペットボトルを床に戻した。

「……ね？　ドキドキするでしょ？　ワクワクするでしょ？　水のありなしで、お客さんの盛り上がり、喜びっぷりが全然違うんですよ。だから五年ぶり、今回のさよなら公演でこそは、是非とも鯉つかみを『水ありVERSION』として演《や》らせて欲しいんです。お願いです、オーナーさん！」

ぱちんと掌を合わせ、男性はばあちゃんに情けない顔を作って見せる。

「そうねぇ……。藤十郎一座さんには藤君の時代から長年ご利用頂いてるし、それに前回はあんなことになっちゃった訳だし……。今回に限ってなら、私は構わないと思うんだけど、駄目かしら？」

「ダメです！　絶対にダメ！」

いつになく感情的な和田さんの大声に、事務所の全員は驚いた様子で制作部長の顔を眺めた。

しばし皆が動きを失った事務所。

最初に動作を取り戻したのは近松さんだった。

「……タケミツ、そんなところに突っ立ってないで早く中に入るといい」

「あ、はい……。おはようございます」

低い壁をまたいで僕は事務所の中へと入る。

窓に背を向けて座っていた和田さんは振り返り、今まで見たことのないような冷たい眼差しで僕を睨んだ。

「光汰朗君、そこは緊急用の非常口です。ちゃんと表のドアから出入りして下さい」

「はい。……すいません」

僕は窓際で固まってしまう。

イーストエンド脇の坂の上から短い階段を上った二階の外壁、楽屋の窓からロビーの窓の下まで一直線に伸びた後付けの鉄のベランダのような避難経路——ここからの出入りを教えてくれたダイクさんは「今はマズイよ……」と目で僕に語り掛けていた。

ザ・センナリの舞台上演中、正面階段からは受付を、横町側の通用口からは舞台裏を通らないと劇場に入れない。劇団の人に顔が知られた二階のスタッフではないので、僕がそこを通るにはいちいち立場を説明しなければならなくて、それが面倒で（というか申し訳なくて）、たまに二階に来る時はついこのショートカットを使うことが多くなっていた。

バイトを始めて約三か月、慣れと油断が生じていた——と咎められれば、僕に返す言葉は何一つなかった。しかし、咎められたこと以上に、和田さんの突き放した言い方が僕には何よりショックだった。

茫然と立ち尽くす僕に、近松さんが再び助け舟を出してくれた。

「次からは気を付けるように。……さっさとここに座れ」

隣の薫おじさんの方に少し寄り、近松さんは長ソファーにもう一人分のスペースを作ってくれる。

「すいませんでした……」

しょんぼりと近松さんの隣に腰を下ろし、僕は煎餅の袋をテーブルの上に置いた。熱弁していた男性も僕と同じタイミングで脇の事務椅子に腰を下ろした。

近松さんは男性に言った。

「紹介します。彼はこちらのオーナーの孫で、この四月から俺の助手をしてもらっているバイトの竹本光汰朗、愛称タケミツです」

「ああ、そうなんだ――」場の雰囲気を和ませるように、男性は朗らかな笑みを浮かべた。

「はじめまして、俺は猫井一郎《いちろう》。藤十郎一座っていう劇団の代表をやってます。毎年ここで『センナリ小歌舞伎』っていう馬鹿な芝居をやらせてもらって、一応、今回が劇団の最後の公演になるんで密に打ち合わせを重ねてるんだけど……ハハハ、うちのOGの和田ちゃんに、見ての通りひどく反対されちゃってて」

猫井さんは冗談めかした視線を和田さんに送った。しかし、和田さんは硬い表情を少しも緩めはしない。とりつく島のない和田さんの様子に、猫井さんは力なく「ハハハ」と笑って俯いてしまう。

「和田さん――」薫おじさんが意を決したように、しかし遠慮がちに口を開いた。

「猫井君も晴れて文化庁の研修生に選ばれてロンドン留学、君の古巣の劇団も今回の公演で一旦お開きになる。今回ばかりは猫井君の望むように、最後の『鯉つかみ』を演らせてあげる訳にはいかないだろうか？」

和田さんは辛そうにおじさんを見つめ返した。

「いやです。私……できることならあの芝居を上演するのもやめてもらいたいぐらいなんです。仕事とはいえ、私、『鯉つかみ』にはもう二度と関わりたくないんです」

「……」

異様なまでに深刻な和田さんの表情に、薫おじさんは返す言葉を失っている。

七年前、僕とおじさんの東京観光に付き合ってくれた明るくて優しいお姉さん――なっちゃんが凜々しい仕事人間に変身していたのも驚きだったけれど、こんなにも辛そうな表情を見せなければならない何かがあったことに、僕は七年という年月の長さを感じた。

和田さんと『鯉つかみ』に、一体何があったのだろう?

「うむ――」近松さんが仕切り直すように口を開いた。

「和田君が鯉つかみを嫌っていることはよくわかった。それは個人の問題だから、別に構わない。しかし、それを理由に利用者の表現に口を出すというのは、どうもいつもの和田君らしくないことだ。……まず、本水の使用を許可しない具体的な理由を、猫井さんにちゃんと説明するべきなんじゃないか?」

和田さんは近松さんに冷たい眼差しを向けた。

「理由も何も、劇場の利用規約で舞台での火と水の使用は禁止している――ただそれだけのことです」

「けど、本水って言ったたって……」猫井さんが不満げに口を挟んだ。

「歌舞伎の鯉つかみみたいに深い水盤を作る訳でもなし、ビニールプールに水を張って、その中でちょっと、バチャバチャ暴れるだけのことで……」

「ダメなものはダメなんです！」

険しい顔を猫井さんに向け、和田さんは続けた。

「有名な話だから猫井君も知ってるでしょ？　駅前の堀田劇場さんの柿落《こけらお》とし公演。本水を使った舞台の水漏れで下の階のお店が水浸しになったって話。鉄筋の新築だった堀田劇場さんでもそうだったのよ？　古い木造アパートを改造したうちで、もし水漏れでも起こしたら……。それに五年前、本水は使わない約束だったのに、結局私たちは舞台と客席を水浸しにしちゃって……。今度また同じことを繰り返して柱が腐りでもしたら、建物が駄目になったら、猫井君はちゃんと責任を取ってくれるの？」

「いや……」

もごもごと口ごもり、しかし、猫井さんはあらためてじっと和田さんの目を見つめた。

「もちろん、うちの団員だけじゃなく、業者に頼んできっちりビニールシートを敷く。万全の防水対策はさせてもらう。それでももし水を漏らしてしまったら……。俺が腹を切って詫びる！」

両手を大きく動かして、猫井さんは切腹するフリをした。

歌舞伎っぽい、でも何だかコミカルなその動きに、僕はポカンと見入ってしまった。

きっとこれが、猫井さんの劇団の芸風なのだろう。

「よっ！　またたび屋！」

ばあちゃんが元気に声を掛け、胸の前でパチパチと小さな拍手をした。

お茶目な微笑みをばあちゃんに返し、猫井さんは和田さんに視線を向ける。僕も向ける。しかし、解りきってはいたことだけど、和田さんの表情は少しも緩んではいなかった。むしろ火に油を注いでしまったように、和田さんの顔には今までなかった静かな怒りまでもが浮かび上がっていた。

和田さんは言った。

「あなたの命一つでこの劇場を贖《あがな》えるとでも思っているの？　文化庁の海外研修生に選ばれたあなたはそんなにも特別な存在なの？　自分が命を張ると言ったら、ちっぽけな小劇場は何でも言うことを聞くと思っているの？」

「いや、何もそんなつもりじゃ……」

静かにソファーから立ち上がり、和田さんは猫井さんを冷ややかに見下ろした。

「オーナーや支配人が何と言おうと、私はザ・センナリの制作部長として本水の使用を絶対に認めることは出来ません。そして、どうしても『鯉つかみ』を上演するというのなら、私は今回のセンナリ小歌舞伎の制作には一切関与しません。支配人――」

「な、何だい？」

薫おじさんがびくりとする感触が、ソファーを通して伝わってくる。

「積み立てたままの有給休暇、来月使わせて下さい。お願いします。……じゃあ、私はこれで失礼します。次の約束、三茶でアポがありますので」

デスクに進んでバッグを手に取り、和田さんはドアの方へと進んで行く。

呆然と皆が見送る中、猫井さんは和田さんの背中に縋るように言葉を投げた。

「和田ちゃん！　君の時間は、まだ五年前で止まったままなのか？」

ドアを開ける寸前、和田さんの動きは止まった。

猫井さんは続けた。

「それとも、藤さんの劇団を俺が自分の都合で解散することを怒ってるのか？　和田ちゃん……。俺たちももう、いい加減先に進まなきゃならない。そのためにも、そして、藤さんの魂を弔うためにも、俺はあの芝居の呪いを――」

「やめて！」

振り返り、和田さんは猫井さんを睨んだ。

「……近松君が言った通り、個人的な感情で演目に口を出したのは私の間違いでした。鯉つかみでも何でも演《や》って、あなたは華々しく次のステップに進んで下さい」

冷ややかに言い残し、和田さんは事務所を出て行った。

＊

「五年前に、一体何があったんですか？」

和田さんが去って最初に口を開いたのはデスクのまりやさんだった。

まりやさんの声と視線は猫井さんに向けられていた。僕も猫井さんを見つめた。

ためらうようにしばらく黙り、猫井さんは小さな声で応えた。

「うちの劇団の前の代表が、『鯉つかみ』の上演中に姿を消しちゃったんだ……」

「姿を消した？　お芝居中どこかに行っちゃったんですか？」

「いや……」

猫井さんは気まずそうに黙り込んでしまった。

「――？」

まりやさんは不思議そうに視線をさまよわせる。ばあちゃんがその疑問を引き受けた。

「たしかに、あれはとても不思議な事件だったわよねぇ……。大勢のお客さんが観てる舞台の上から、主演の役者が煙のように消えちゃったんですもの」

「え？　本当に、言葉の通り消えちゃったんですか？」

「ええ。消えたのよ。舞台の上の鯉のぼりの中から。そして、劇場《うち》の中から。……そうよね、薫？」

「あ、ああ……」

話を振られた薫おじさんは猫井さんと同じく声低く応える。

「あっ！」デスクのダイクさんが唐突に声を上げた。

「思い出した！　『鯉つかみ』って、昔上演中に役者の失踪事件が起きた芝居なんじゃなかったでしたっけ？　主役の歌舞伎役者が舞台から消えた……的な？」

ダイクさんは応接セットの皆の顔を見渡す。

こういう話は近松さんが答えてくれそうだ――僕は隣の近松さんに目を向けた。しかし、近松さんは袋から取り出した煎餅を美味しそうにただバリバリとかじっている。

近松さんの奥に座る薫おじさんが、僕とダイクさんの疑問に答えてくれた。

「浅草の芝居小屋で、昔そんな事件があったって話は聞いたことがあるな。真偽のほどは判らない都市伝説みたいな話だけど……。横溝正史が『幽霊座』って小説の題材にしてるから、興味があれば読んでみるといい」

「へぇー」

あまり読む気のなさそうな相槌を打つダイクさんの隣、じれったそうにまりやさんが口を開く。

「そんな古い話じゃなくって、今重要なのは五年前の話ですよ。和田部長はその舞台に関わっていた……ってことなんでしょうか？」

猫井さんとばあちゃん、そして薫おじさんは黙って視線を交わし合う。

三人を代表するように、しばらくしてばあちゃんが頷いた。

「ええ。あの頃、彼女は猫井君たちの劇団で女優をしながらうちでバイトもしてくれててね。……丁度今のまりやちゃんやダイク君と同じ感じね」

「え？　部長って女優だったんですか？　劇団員だったとは聞いてたけど、制作一筋みたいな人だから、てっきりその頃も裏方だったのかと……」

「いえいえ、とんでもない。それは素敵な女優さんだったのよ。あの時の『鯉つかみ』でも、たしかヒロインの……えーっと……」

「小桜姫です」

猫井さんがフォローする。

ばあちゃんは小刻みに頷く。

「そうそう。そんな名前のお姫様だったわね。藤十郎一座は歌舞伎を現代劇風に演出して見せるスタイルだから格好は洋装だったけど、鯉の精が恋しちゃうのも納得できる、とても魅力的なお姫様だったわね」

「部長が……お姫様……」

恐ろしそうにつぶやき、ダイクさんがまりやさんと顔を見合わせる。

まりやさんはばあちゃんに向き直った。

「……オーナーは、その、人が消えたっていう舞台をご覧になられたんですか？」

「ええ。あの頃はまだ私も現役で事務仕事をしていたから、ゆっくり舞台を見る機会はそれほどなかったんだけど、あの時は藤君に是非観て欲しいってご招待してもらってねえ」

「藤君？」

「藤十郎一座の初代代表ね。作、演出、主演をこなす、パワフルで才気に溢れた青年、藤十郎君。あのまま演劇を続けていたら、今ごろきっと間違いなく日本を代表するような演劇人になっていたでしょうね」

「……ってことは、その人が舞台から消えたんですか？」

「そうなのよ。舞台の大詰、藤君が演じる鯉の精と劇団の副代表の、えーっと……」

「大野さんですね」

「そうそう、宝来軒の大野君」

「宝来軒？」

まりやさんは首を傾げる。

「ご実家が若林の中華料理屋さんでね、たまにおいしい豚まんを差し入れてくれたのよ。あの事件の後お芝居をやめて、今は宝来軒の若主人をやってらっしゃるのよね、たしか」

「ええ、そうです」

猫井さんの答えを受け、ばあちゃんはまりやさんに向き直った。

「で、鯉の精の藤君と大野君が演じるお侍がお姫様をめぐって派手な立ち回りをして、舞台に敷き詰められた鯉のぼりの中に鯉の精が潜って――」

「鯉のぼり……ですか？」

「そう。あの時は薫が頑なに本水を使うことを許さなくってね、替わりに青い鯉のぼりを舞台一面に敷き詰めて、湖に見立てたその中で藤君と大野君は暴れまわったの。あの水面の見立てはとってもいい演出だったし、二人の演技にも、何だか鬼気迫るものがあったわよ。ねぇ、薫」

「いや、僕はあの時事務所にいて舞台は観てませんから……」

「あら、そうだったかしら？　……とにかく、鯉の柄の浴衣に着替えて鯉の精の本性に戻った藤君が、水に潜るような感じで一番大きな鯉のぼりの中に潜り込んで、鯉のぼりのお腹の辺りまで進んだのよね。そして、大野君が宝剣を抜くと稲光が光って舞台が暗転。そして次の瞬間、明るくなった舞台の上、舞台の中央にいたはずの藤君の姿はなくなって辺り一面が水浸し……。私もお客さんたちもそういう演出だと思って『おー！』って盛大な拍手と歓声を送ったんだけど、刀を振り上げた大野君は呆然としちゃっててね、袖から飛び出してきた若武者役の猫井君がずぶ濡れの鯉のぼりを振り回して水をまき散らして客席も大盛り上がり。そして、『まず本日はこれ切りー』って、いつものように歌舞伎っぽく幕を下ろしたのよね」

「あの時は小屋を水浸しにしてしまって……すいませんでした」

しおらしく謝る猫井さんに、ばあちゃんは「いえいえ。今でも心に残る名舞台だったわ」と微笑みを返す。

ダイクさんが少し前のめりになって言った。

「オーナーも思ったように、それって、そんな演出だったって訳じゃないんすか？　観客の目の前で舞台の上の役者が消えるなんて、痺れるぐらいカッコイイ演出だと思うんですけど」

猫井さんが首を横に振る。

「その前日までは大野さんが抜いた宝剣の霊力で、藤さんが立ち上がってもがき苦しむ見得をしながら鯉の中から登場、本物の志賀之助——俺も舞台に登場して大野さんと一緒に鯉を討ち取って終わり。そんな演出だったんだ」

「へぇー。それも派手で良さそうだけど、舞台から人が消えちゃう方が、やっぱり凄いよなぁ」

ぼんやりと言うダイクさんの隣、まりやさんは冷静に薫おじさんに尋ねた。

「舞台の真ん中あたりで消えたってことは、当時はうちの舞台にも奈落が切ってあった……とかですか？」

「まさか。うちの床の高さは今も昔も同じ。舞台の真下は近松君の部屋の天井裏だよ」

「ですよね。……じゃあ、江戸川乱歩の小説みたいに、天井裏を歩いて抜け出したとか？」

「舞台に奈落用の穴は切っていないから、それは無理だね。……それにそもそも、藤君が中に入ってたっていう鯉のぼりの腹の部分にも、穴はもちろん切れ目一つ入っていなかった。藤君がいなくなっちゃったし、僕も不思議に思ったから一応証拠としてあの日の小道具類一式はうちで預かったんだけど……猫井君が劇団を引き継ぐまでしばらくバタバタしてたから結局そのままうちの倉庫に眠り続けているはずだ。うん、たしかそうだったはずだ……」

忘れていたことを思い出したという様子で、薫おじさんは猫井さんに顔を向けた。

「もし今度の公演で使うなら、あの道具類はお返しするよ。必要かい？」

「いや……」

困ったような笑みを浮かべ、猫井さんは首を横に振る。

「できれば今回こそは本水で『鯉つかみ』を演らせてもらいたいですし、もしそれがダメだったとしても、藤さんの最後の舞台の道具は……。やっぱり、ちょっと使えないですね……」

「うん。そうか。たしかにそうだよね……」

共有する思い出を確認し合うように、二人は静かに頷き合った。

まりやさんが口を開いた。

「お二人とも、しんみりしてないで話の続きを聞かせて下さい。舞台の上から消えて、それから藤さんはどうなったんですか？」

「……」

薫おじさんと猫井さんは黙ってまりやさんを見つめ返した。

「え？　まさか、本当にそのまま行方知れず……とかですか？」

猫井さんがこくりと頷く。

「……ああ。藤さんは劇場からも、皆の前からも、まるで煙のように消えたんだよ。その夜、大野さんが藤さんのアパートに行ってみたら、既にもぬけの殻で、携帯電話も解約されて……。藤さんの人柄に惹かれて劇団に入って、長年付き合いがあったにも関わらず、藤さんに関して、アパートと電話番号、伝説の歌舞伎役者・坂田藤十郎《とうじゅうろう》にちなんだ芸名以外、あの人の本名も実家も、結局僕らは何も知らなかったんだ」

「それって……計画的な夜逃げだったってことですか？」

「いいえ、そんなはずはないのよ――」ばあちゃんが言った。

「資金に困って借金を作っちゃう劇団も少なくないけど、藤君も藤十郎一座もとても人気があって、決して収支の合わないような状況じゃなかったはずなの。当時のうちの利用者の中でもダントツの信用度だったわよ。私の知る限りだけど、彼に夜逃げするような理由は何もなかったと思うのよね」

「……」

しばらく考え込んで、まりやさんはあらためてばあちゃんに尋ねた。

「失踪の当日、藤さんは舞台だけじゃなくて劇場からも消えたって仰言《おっしゃ》ってましたよね？　それって、一体どういうことだったんですか？」

「それは俺がお話しするよ――」猫井さんが口を開いた。

「藤さんが消えた後の芝居は俺たちに任せて、和田ちゃんが舞台裏や廊下、ロビーを駆け回って藤さんを探したんだ。けど、藤さんの姿はどこにもなくって、舞台裏の通用口前と表の受付、それぞれに控えていた団員に確認しても出ていく藤さんの姿は見ていないって……。そして、藤さんが着ていた鯉柄の浴衣の片袖が……」

猫井さんは薫おじさんに視線を向けた。

こくりと頷き、薫おじさんは口を開く。

「ああ……。確か男性楽屋の片隅に落ちているのを僕が見つけたんだっけね」

「そうです。けど、その男性楽屋も、女性楽屋も、窓のクレセント錠は閉まっていた……。つまり、人間が出入りできそうな場所はすべて閉じられていた。あの時、この劇場は推理小説に出てくる『密室』のような状態になっていたんだよ」

*

密室――あまりにも非現実的なその言葉に、事務所はしんと静まり返った。

猫井さんが言う『密室』はこの劇場の建物を意味していたけれど、藤さんはそれ以前に上演中の舞台の上から姿を消している。衆人環視の（と、確か推理小説では言うはずだ）舞台の上、密室の劇場――つまり『二重の密室』から藤さんは姿を消してしまったのだ……。いや、その後行方不明になったことも含めれば、藤さんは三重に姿を消したことになる――。

考え込む僕の耳元で「バリッ」と大きな音が響いた。

驚いて隣を見ると、近松さんが二枚重ねた煎餅を大きな口でかじっていた。

「……何してるんですか？」

尋ねる僕に、近松さんは言った。

「海苔煎餅と胡麻煎餅を一緒に食べると海苔胡麻煎餅になって美味いんだ。ちょっと食べにくいのが難点だがな。タケミツもやってみるといい」

「はぁ……」

重ねずに、交互に食べればいいのでは？――と思ったことは口に出さず、僕は近松さんをぼんやり眺め続けた。と、ばあちゃんの通る声が事務所に響いた。

「太郎さん！　お客様の前でそんなお行儀の悪いことをしない！」

ばあちゃんに日本名で呼ばれると、近松さんは恥ずかしいのか照れくさいのか、途端にいつものマイペースを崩してしまう。約三か月そばにいて、そのクセはもう僕にはわかっていた。当然今も、二枚の煎餅をゆっくりと口から離し、ぼんやり視線をさまよわせている。

デスクのまりやさんが追い打ちをかけた。

「そうですよ！　猫井さんの劇団のさよなら公演、ご本人が希望する形で上演できるかできないかの瀬戸際だっていうのに……どうにかしてあげたいって、近松さんは思わないんですか？」

「いや、防水さえちゃんとしてくれるなら、俺は別に水を使ってくれても構わないと思ってるんだが……」

切れ味悪く言いながら、近松さんは両手に分けて持った煎餅の片方、胡麻煎餅を黙って僕に渡した。黙ったまま、近松さんは海苔煎餅を静かにかじる。なんとなく間がもたないので、僕も受け取った胡麻煎餅をかじる。

「もう！」

まりやさんはイラっとした様子で言った。

「そこはもう問題じゃないんですよ！　五年前に消えた藤さんの謎、きっとそこにわだかまりを持ち続けてる和田部長の心……。そこのところを解決してあげない限り、部長は絶対に首を縦に振らないと思います。本当なら最大限協力して成功させたい古巣の劇団のさよなら公演、同期の猫井さんの晴れやかな船出を、このままじゃ、部長は背を向けたままで見送ることになっちゃうと思います。それじゃ部長があんまり寂しくって可哀そうだと、近松さんは思わないんですか？」

「うん！　よくぞ言ったわ、まりやちゃん」

満足そうに頷き、ばあちゃんは腕を組んで近松さんを見つめた。

「太郎さん、あなた、今までのお話ちゃんと聞いてた？」

「まぁ、聞いてはいましたけど」

「あなたはどう思う？」

「どう思うって……俺は当時ここにいませんでしたから、ここにいた人たちで楽しそうに思い出話に花を咲かせてるなぁ……って聞いてましたけど」

「楽しそうに聞こえたの？　おやまあ、冷たいこと」

「え？　そうですか？」

「人が一人消えているのよ？　……そりゃあ、私だって藤君の行方は気になってはいたものの、大野君や猫井君、私よりも身近だったお仲間たちもいたことだし、その後のことは彼らに任せて、結局彼がどうなったかわからないままで今に至ってしまったわ。……でも改めて考えれば、人が一人煙のように消えてしまったってことは、やっぱり、とても大きな問題だったと思うの。ザ・センナリとして、今更だけどこの問題を残したまま藤十郎一座を解散させるわけにはいかないと思うのよ」

一息ついて、ばあちゃんは続けた。

「太郎さん、あなた、最近ユリちゃんの息子さんや堀田さんの悩みごとを解決してあげたんですってね」

「解決というか、あれはまぁ成り行きで……」

「解決でも成り行きでも、それはどっちでもいいの。……今回の打ち合わせの結論。五年前の事件の解決を太郎さんにお願いすることにします」

「え？　なんで俺が……」

「いいですね！　賛成です！」まりやさんが小さな拍手で同意する。

近松さんは弱ったような表情を浮かべている。

呆れたようにばあちゃんは笑った。

「なんでも何も、あなた、今日の打ち合わせでお煎餅食べてただけじゃない。打ち合わせで発言が少なかった人が実務を担当する――それがうちの方針です。あなたも知ってるでしょ？」

「いや……でも俺、五年前の舞台のことなんて、何も知らないですよ？」

「私と薫と猫井君が大体のことは話したでしょ？　……あとはそうねぇ、大野君と和田部長の話を聞けば、まぁなんとかなるんじゃない？」

猫井さんに顔を向け、ばあちゃんは尋ねた。

「大野君のお店って、予約はできるのかしらね？」

「できると思いますけど……予約しなくても多分余裕で入れる、のんびりとした町中華ですよ」

「うん、じゃあ、決まりね」

ばあちゃんは近松さんをじっと見つめた。

「とりあえず私が予約を入れてあげるから、太郎さんと光汰朗と和田部長、三人で今夜、大野君のお店で親睦会を開きなさい」

「え――？」近松さんは眉をひそめた。

「さっきのあの感じで、和田君が来るとは思えませんが……」

「私から連絡を入れるわよ。三茶の帰り、若林なら世田谷線で彼女の帰り道だしね。来月有給を取るんなら、その間の業務を太郎さんに引継いでほしい……とかなんとか、うまいこと伝えるわ。光汰朗も、大丈夫よね？」

結果的に胡麻煎餅を食べていただけの僕も、ばあちゃんの言葉に従う他はなさそうだった。

2

小田急線の豪徳寺駅で路面電車の世田谷線に乗り換えて、近松さんと僕が若林に着いたのは夕方過ぎ、空が青紫から黒へと変わり始めた頃だった。

電車が車道の信号待ちをする不思議な景色を横目に環七通りを少し歩いた先、小さなマンションの一階に宝来軒の暖簾は掛かっていた。

「いらっしゃいませー！」

客はまだ数組だけの店内に潑溂とした女性の声が響いた。

カウンターよりもテーブル席がメインの小ぎれいな広い店内、三十代ぐらいの女性はテーブルの間を縫うようにして僕たちに駆け寄ってきた。

近松さんと僕の顔をさっと見比べ、女性は僕に笑顔を向けた。

「お二人さんですか？」

「こんばんは、予約してる木下ですけど……」

「ああ、お待ちしてましたよ！　……あなたー、センナリさんのお客様よ」

「おお！　いらっしゃい！」

女性が振り返ったカウンターの中、調理中の男性が満面の笑みをこちらに向ける。

再び僕らの方を見て、女性は明るく言った。

「さぁ、どうぞお席の方に。奥の一番広いテーブルを取っておきましたよ。……えーっと、ウェルカム！　ハウドゥユー、ドゥ……？」

首をかしげるようにして見上げる女性に、近松さんは愛想良く応える。

「いや、普通に話してもらって大丈夫ですよ。中身はただの下北のにーちゃんです」

「ああ、そうですか！　失礼しました。……さぁ、どうぞどうぞ」

最早僕にとって近松さんは近松さん以外の何ものでもないけれど、初対面の人の近松さんへの反応は面白い。申し訳なさそうな照れ笑いを浮かべ、女性は僕たちを先導して店の奥へと歩き出した。

「どうぞどうぞ――」

案内された奥のテーブル席に僕はそのまま座ろうとしたが、近松さんはカウンターの入口脇、壁面に掛けられた大きめのフォトフレームの前へと直進した。

「……これ、『鯉つかみ』の舞台ですか？」

「そうですそうです。よくわかりましたね。私たちの最後の舞台なんですよ。……ねえ？」

嬉しそうに応え、女性はカウンターを挟んですぐそばの男性に顔を向けた。

カウンターの中、体格のいい男性は照れくさそうに笑う。

「若かりし日の思い出ですよ。お恥ずかしい」

近松さんの隣に進み、僕も写真を眺める。

床一面に青い鯉のぼりが敷き詰められ、舞台の背景と上手下手の壁一面に他の色、赤や緑の鯉のぼりが吊り下げられたザ・センナリの舞台。その中央、迷彩服にヘルメット、鞘に入った刀を手に見得を切るようなポーズをした厨房の男性と、その目の前で海老反りをして、汗びっしょりの顔を客席に見せている浴衣を着た男性――。

その背後の薄闇の中、白いワンピースの女性が立っている。前の二人の影になってはっきり見えないが、一見してヒロイン役と判るその人物は、多分女優時代の和田さんに違いなかった。

「奥さんは、どこに写ってるんですか?」

近松さんの質問に女性は恥ずかしそうに答える。

「人数の少ない小劇団でしたから、この場面、出番のない私は裏方をしてたんです。上手と背景の鯉のぼりを吊るしたバトンをウィンチで引き上げる係。だから私はこの時正面の鯉のぼりの裏にいるんです」

「なるほど――」

感心したように頷き、近松さんは写真に一層顔を近づける。

「鯉のぼりで舞台を囲むことによって、鯉の精の霊力と大詰のクライマックス感を強調する演出という訳ですね。オーナーも言ってた通り、とても絵になる演出だな……」

「藤さん、俳優としても素敵だったけど、脚本や演出もとても上手い人でしたからねぇ。……あ、うちの人と立ち回りをしてる浴衣姿の彼なんですけどね」

「そうなんですか。……これは千秋楽の時の写真ですか？」

「いいえ、確か初日だったと思いますけど……。どうだったかしら？」

「そうそう、初日だよ」

鍋を振りながら奥さんに答えるご主人に、近松さんは愛想良く言った。

「今、我々は藤十郎一座のさよなら公演の制作に携わらせてもらっています。今日はその打ち合わせも兼ねた飲み会なんですよ。どうぞよろしくお願いします」

「そうですかそうですか！　これ作り終わったらそっちに行きますんで、どうぞ寛いで下さい」

「さあさあ、どうぞどうぞ」

二人の笑顔に導かれ、近松さんと僕は向かい合って席に着いた。

「今日はよく来てくれました。オーナーさんも、電話の声は相変わらずお元気そうで――」

作った料理の配膳を奥さんに任せ、テーブルの脇に出てきてくれた大野さんは写真の頃より少しふくよかになり、ほんのりと日焼けしていた。

「また改めてみんなで来るので、その時は美味しい豚まんをよろしく……とのことです」

「ははは、覚えてくれてて嬉しいなぁ。今日もお土産にご用意しますから、持って帰ってあげて下さい」

「きっと喜びますよ。ありがとうございます。……センナリ・コマ劇場の支配人をやってるウィリアム近松といいます。初めまして」

「ああ！　あの、コマの事件を解決したって人ですか！　……初めまして、俺も昔はセンナリさんにはとてもお世話になりました。大野大《だい》です」

大野さんが差し出した掌を近松さんが握る。

にこやかに握手する近松さんの横顔を僕は見つめた。

「なんですか？　コマの事件って？」

「ああ……そのうち話そう。機会があればな」

さらりと僕に応える近松さんに、大野さんは嬉しそうに続けた。

「コマの事件を解決した人なら、もしかしたら藤が消えた謎も解決できるかもしれませんね。……聞いてるでしょ？」

「ええ、猫井さんからおおよそのことは。……でも、意外ですね。てっきり大野さんは藤さん失踪の真相を知っているのかと思ってました。それを聞くためもあって、今日はお邪魔したんですが」

近松さんの単刀直入な質問に、大野さんは「いやいや」と困ったように笑った。

「あいつ、一瞬にして舞台の上から消えて、出入口を固められた劇場からもいなくなって……それは今でも俺の人生の七不思議の二つですよ」

「なるほど……」少しの間を置いて、近松さんは尋ねる。

「じゃあ、大野さんは藤さん失踪事件の謎解きに協力して下さるんですね？」

「もちろん。むしろこっちから解明をお願いしたいぐらいです」

言いながら、大野さんはこちらを向いてカウンターの椅子に腰を下ろした。

近松さんは尋ねた。

「藤さんが消えた時、舞台はどんな状況だったんでしょう？」

「あれは忘れもしない、『鯉つかみ』千秋楽の日の大詰ですよ。滝窓《たきまど》志賀之助が実は志賀之助に化けた鯉の精だと発覚して……あ、それが藤が演ってた役なんですけどね」

壁の写真をちらりと見て、大野さんは続けた。

「その鯉の精が横恋慕していた小桜姫の家来の篠村次郎……俺が登場して二人で立ち回り、ややあって藤は一旦上手に退場。俺は鯉の精の神通力と戦うようにしばらく一人芝居で立ち回り。その間に藤は舞台に敷かれた一番大きな鯉のぼりの端から中に入って匍匐前進で舞台を進みました。で、丁度舞台の真ん中あたりに藤が来た時、それまで抜けなかった家宝の刀を俺がようやく鞘から引き抜く。と、雷鳴の効果音が鳴り響いて舞台が暗転、豪雨の音とともに次に明るくなったその時……。本当なら藤が立ち上がってもがき苦しみながら鯉の中から出てきて、下手から現れた本物の志賀之助が、これは猫井が演ってたんですが、俺から受け取った刀で鯉を討ち取って一件落着……のはずだったんです」

一瞬黙って僕たちの顔を見渡し、大野さんは続けた。

「けど、暗転した瞬間、客席の最前列のお客さんがキャッと悲鳴を上げたんですよね。で、明るくなると、それまで藤がいた場所に藤の姿はあとかたもなくなってて、辺りは一面水浸し。通路に流れ落ちた水に、お客さんが悲鳴を上げてたんです」

「それから、芝居はどうなったんですか？」

「呆然としちゃいましたよね、俺は。刀を振り上げたまましばらく固まってると、いつもの段取り通り、鯉のぼりのカーテンを割って下手から猫井が登場して……。そこからの奴のアドリブは見事でしたよ。びしょびしょに濡れた鯉のぼりと格闘する芝居を始めたんです。舞台や客席に水飛沫をバチャバチャと撒き散らして。それこそ本水を使った歌舞伎の『鯉つかみ』さながら、お客さんはキャーキャー叫んで、そりゃ、客席は爆発的な大盛り上がりですよ。で、俺から受け取った刀で鯉のぼりを仕留める芝居をして、そしていつも通り、うちの奥さんが舞台の裏でチョンと鳴らした拍子木の合図で幕、です」

「なるほど……」顎に手を添えて考え込み、そして、近松さんは言った。

「やっぱり本水に限りますね。『鯉つかみ』は」

「そうですそうです！　あの芝居は本水があってこそですよ。鯉のぼりを水面に見立てた藤の演出も綺麗だったけど、さすがにあそこまでは盛り上がりませんでしたからね」

互いに頷いて、近松さんと大野さんは水の重要性について納得し合っている。

今大事なの、そこ？　僕は首をかしげて二人の顔を見比べた。

視線に気付いた大野さんは僕の目を見てにこりと笑い、のっそりとカウンターの椅子を立った。

「……まぁ、以上があの日俺が舞台の上で見た藤消失の顚末です。今さら解明するのは難しいとは思いますけど、もし何かわかったら教えて下さい」

「わかりました。……終演後に藤さんのアパートを訪ねたらもぬけの殻だったと聞きましたが、それは本当ですか？」

「ええ、携帯電話もその日には解約されてて、藤とはもうそれきりです」

「探さなかったんですか？」

「それなりに探しはしましたけどね……。突然だったとはいえ身辺整理をした上での失踪ですから、奴にもそれなりの覚悟はあったんでしょう。一時期は『鯉つかみ』はやっぱり呪われた芝居だったんだとか、その後東南アジアでバックパッカーをしている藤を見かけたとか、都市伝説まがいの根も葉もない噂が色々と流れたりもしましたけど、今ほどネットもＳＮＳも発達していなかったんで、そのうち話題にもならなくなりました。俺たちもあまり深追いはしないことにして、俺はその後すぐ芝居をやめてこの店を継ぎ、劇団は藤が可愛がっていた猫井に任せました。……彼がここまで大きくなってくれて、藤も喜んでくれてると思いますよ、きっと」

　寂しそうな笑みを浮かべ、大野さんは「じゃあ、ゆっくりしてって下さい」と言って厨房に戻ろうとした。丁度その時、店の引き戸が開く音、奥さんの「いらっしゃいませ――」という声に続く「あっ！」という小さな叫びがホールに響いた。

　振り返って入口を見ると、そこにはバッグを肩に掛けた和田さんの姿があった。

「……なっちゃん？」

　駆け寄る奥さんに、和田さんは穏やかに微笑む。

「お久しぶり、真由美」

　大野さんも入口の方に向き直り、目を丸くして声を上げた。

「もう一人のお客さんって和田ちゃんだったのか！　久しぶりだなぁー！」

　奥さんの先導で奥まで進み、大野さんの前に立ち止まった和田さんは礼儀正しく頭を下げた。

「お久しぶりです、大野さん」

「お、おう……。お久しぶり。随分立派になって……」

　それほど昔と雰囲気が違うのか、大野さんはたじろぐように応えた。

「今日は突然すいません。これ、よかったらお子さんたちに」

　和田さんは手にしたケーキの紙箱を奥さんに差し出した。

「あら。お気遣いありがとね。……センナリさんで、今も元気に頑張ってるの？」

「ええ。なんとかね」

「藤十郎一座、今度が最後の公演なんですって？　うち、子どもが小さかったじゃない？　だからお芝居にも長い間行けてなかったんだけど、今度は何としても観に行かなきゃって言ってるのよ。……ねぇ、あなた」

奥さんの言葉に、大野さんは大きく頷く。

「ああ。店を閉めてでも行かないとな。和田ちゃんも、センナリ側の制作で関わるんだろ？」

「……ええ、まあ」

小さな声で応え、和田さんはわずかに目線を下に落とした。

旧友の反応に感じるところがあったのか、奥さんはちらりと大野さんに目配せをした。

折よく遠くのテーブルから響いた「マスター、ビールもう一本！」という声に「はいよ！」と大きく反応し、大野さんは「じゃあ、ゆっくりしてってくれよな――」と言ってその場を離れていった。

「お土産、本当にありがとう。引き止めちゃってごめんね、さぁ、お席にどうぞどうぞ」

にこやかに言い残し、奥さんも仕事に戻った。

＊

「今日はみっともないところを見せてしまって、悪かったわね」

注文と乾杯を終え、隣の和田さんは手元のビールグラスを見つめて小さな声で言った。

「誰にだって過去はある。今に至るため、それは通らずには済ませられなかった過去のはずだ。だが……」ビールを一口飲み、近松さんは言った。

「今の我が身を呪う過去なら、その呪いは何とか解かなきゃいけないだろうな」

「……」

和田さんは黙っている。

グラスをテーブルに置き、近松さんはふっと息を抜いて言った。

「藤さんというのは、一体どんな人だったんだ？」

「藤さん……」

独り言のようにつぶやき、和田さんは顔を上げた。

和田さんの顔には、わずかに笑みが浮かんでいた。

「それは素敵な人だったわよ。役者としてもエネルギッシュで才能溢れた人だったけど、古典の翻案や演出に関しても、人並外れたセンスがある、とても頭の良い人だった――」

テーブルにグラスを置き、和田さんは続けた。

「だから、あの人があんな風にして私たちの前からいなくなってしまったことは、みんなにとっても私にとっても、結構大きなショックだったの。みんな藤さんに惹かれて劇団に集まった仲間たちだったから。彼がいなくなった当初は、本当にみんな呆然としちゃってね。けどしばらくして、私はだんだん腹が立ってきたのよ。劇団の主宰が、公演の真っ最中に舞台に穴をあけたんですもの——。それで、私は劇団員とセンナリのバイトを掛け持ちするのはきっぱりやめて、制作の仕事に専念したの。融通の利かない口うるさい職員と思われても、二度とあんな事件を舞台では起こしてはならないと、今まで一心不乱に仕事をしてきたのよ……」

「そうか。和田君なりに、精一杯頑張ってきた訳だな」

和田さんの言葉をかみしめるように、近松さんは頷いた。

「……でも、潮時といえば潮時だったのかもしれないわね。大野さんも真由美も私も、あの事件をきっかけに舞台の夢とは決別して、それぞれの現実の人生に戻った。ただそれだけのこと。……でも、猫井君だけは舞台に残った。みんな辞めたんだから新しい自分の劇団を旗揚げしてもよかったのに、藤十郎一座の名前を引き継いで、藤さんが始めた歌舞伎の現代化の芝居を続けた。藤さんのスタイルとは違って、猫井君ならではのユーモアとパロディーで『センナリ小歌舞伎』を発展させて、そして、多くの人に愛される立派な演劇人になった——」

寂しげに微笑み、和田さんは続けた。

「藤十郎一座を卒業するため、藤さんの幻に別れを告げるため、猫井君が今回、自分なりの『鯉つかみ』を演るべきだってことは、本当は私も解っているのよ。でも、やっぱり、あの日のことを思い出すと、どうしても……ね……」

テーブルのグラスを手に取って、和田さんは残ったビールを飲み干した。

注ぎ足そうと思った僕よりも早く、近松さんの長い腕がビール瓶に伸びる。

和田さんに差し出した瓶をそっと傾けながら、近松さんは言った。

「どうすれば、君の『鯉つかみ』は、幕を下ろすことができるんだ？」

「……………」

和田さんはグラスの気泡をじっと見つめた。

「別に今さら真相を知りたいわけじゃないの。私の舞台は、あの日に、もうとっくに終わっているんだもの。けど、誰かがあの一件の真相に辿り着いて、藤さんの最後の芝居の謎を解いてくれれば……。それでようやく、あの日の芝居の幕は完全に下りるんだろうと、私は思う」

「よし。わかった。……タケミツ」

「はい？」

突然呼ばれ、僕は背筋を伸ばして近松さんに顔を向ける。

「俺が藤氏が残した謎を解く。お前がその一幕の観客だ」

「観客、ですか？」

「ああ。しかし何も、あの日の『鯉つかみ』を再現しようって訳じゃない。いつも通り、俺の仕事を手伝ってくれればいい。ただそれだけだ」

「はい。わかりました」

僕の返事に満足げに頷き、近松さんは和田さんを見つめた。

「よし、じゃあああの日の出来事を、和田君の視点から話して聞かせてもらおうか」

和田さんは静かに頷き、口を開いた。

「歌舞伎を現代劇風にアレンジした『センナリ小歌舞伎』は、藤十郎一座の看板演目だったの──」

あの日の出来事を、和田さんは淡々と語り始めた。

3

翌日。出勤した僕は近松さんのあとについて一階の事務所の隣、横丁奥にあるザ・センナリの倉庫に入った。

段ボール箱がぎっしり詰まった倉庫。オレンジ色の裸電球の光は奥まで届かない。

「すごく埃っぽいですね……」

「ああ。ほとんど用のない場所だからな。……だからこの装備なのさ」

ゴーグルにマスク、軍手で装備した近松さんはオペを始める外科医のように両手の甲を上げて見せた。

「力仕事がしばらく続くが、大丈夫か？」

「はい、多分大丈夫だと思います」

同じくマスクと軍手の僕はこぶしを結んで気合を見せる。

「よし。じゃあまずは目当ての箱を探すことからスタートだ。薫さんの記憶では箱の表に『藤十郎一座』か『藤君』と書いてあるらしい」

見えている箱の側面を一通り確認し、近松さんは箱を持ち上げて次々倉庫の外に運び出し始めた。目当ての箱がそんな手前にあるはずもなく、山の奥から探すため、僕も近松さんと同じ作業をくり返した。

僕たちの様子を見て外に出てきたバー黒蜥蜴のマダムや横町の人々それぞれの「何してるの？」の問い掛けに「古い荷物探しです」となんとなく笑顔で対応しながら、三十分ほど同じ作業を続けた頃『藤君』と書かれた段ボール箱が十箱、ようやく山の奥から姿を現した。

目当ての荷物を近松さんが二階、休演日のザ・センナリに運んでいる間、僕は一旦外に出した荷物をパズルのように倉庫に戻した。上に運ぶよりも元に戻す荷物の方が多かったので、近松さんが二階に上がってから随分経って、ようやく僕は倉庫を閉めて二階への階段を上がった。

「うわ……」

あまりにも美しい眺めに、通用口からザ・センナリの舞台に進んだ僕は思わず声を漏らしてしまった。

中央の近松さんを取り囲むように、舞台一面に敷き詰められた青い鯉のぼり――。大きさもデザインも様々、数十枚の鯉のぼりの青と白の鱗はまるで波。それが立体的に動いて見える錯覚に、僕の足元はゆらりと揺れた。

「すごい迫力ですね」

僕のつぶやきに気付き、近松さんは黙ってこちらに顔を向ける。

「……なんだか、波が動いてるみたいに見えますね」

「微妙に違う同じ模様が大量にあるせいで、目から入った情報を脳が補正しようとして錯覚が起きるのかもしれないな」

「藤さんの消失も、それに何か関係あるんでしょうか？」

「少しはあるかもしれないが、それだけで人が消えたりはしないだろう。さて――」

舞台の端から端まで横たわってなお舞台袖まではみ出している巨大な鯉のぼりを、近松さんはじっと見つめた。

その鯉のぼりの色は他と比べて青というよりも濃紺、いや、黒に近い。

「人間が中をくぐれるサイズで、舞台幅より大きな鯉のぼりはこの一匹だけだ。宝来軒の写真でも、小さな鯉のぼりが覆う下にこの鱗の柄が隠れていたから、藤さんが中から消えた鯉のぼりは、まずこれで間違いないだろう」
「これだけ、ちょっと黒っぽいですね」
「鯉のぼりは一般的に黒が一番大きいそうだ。黒が父親、赤が母親、青が子どもという
ことでマトリョーシカのように少しずつ小さくなっていくらしい」
「へぇー」
「だから、中をくぐれる最大サイズ、かつ真黒ではなく少し青っぽいこの鯉のぼりを選
んだんだろうな。なるべく黒を目立たせないように、上から青の鯉のぼりを何枚か重ね
た状態で、きっと藤さんは鯉のぼりの中をくぐったんだろう。……タケミツ」
「はい」
「ちょっと、この鯉の中を端から端までくぐってみてくれ」
「えっ！　この中……ですか」
「大丈夫だ。確認したがカビは発生していないし、嫌な臭いも付いてはいない。心配な
ら、さっきのマスクをまた付ければいい」
「いや、それは大丈夫ですけど……。わかりました」
藤さんが中から消えた鯉のぼり——そう思うとなんとなく怖くて少したまらってしま
ったけれど、鯉の中をくぐるのはそれほど嫌なことではなかった。
昨日大野さんと和田さん、それぞれから聞かせてもらった話の通り、僕は藤さんと同
じく上手袖に移動して鯉のぼりの頭の前に立った。鯉の口元に結ばれた紐が背後に延び

ていたので、なんとなく僕は振り返ってその先を確認する。ロープは上手袖の突き当り、壁面に備え付けられた金属の輪っかに結び付けられていた。

「これは……どういうことなんですか？」

「くぐる時に鯉がずれないように結んだ。尾から入って頭から出る方がなんとなく絵になる気はするが、入る側を固定したい事情があって頭を上手側にしたんだと思う。昨日の写真でも、鱗の柄の向きがそうなっていた。そうだっただろ？」

「すいません……そこまで見てません」

鯉の口の前に屈み込み、僕は近松さんを見上げた。

「……じゃあ、もぐります。何か、注意することはありますか？」

「あまり大きく体を動かさず、なるべく外から動作が判らないように意識して進んでみてくれ」

「わかりました――」

僕は鯉の口を開いて中に入り、そしてゆっくりと匍匐前進を始めた。

鯉のぼりの布の手触りは木綿よりもツルツルしていて、けれどポリエステルほどはペッタリしていない、滑りが良く、通気性もよさそうな風合のものだった。近松さんは「臭いはしない」と言っていたが、さすがに中に入ると古びた埃のような臭いが鼻を突いた。

指示の通り、なるべく体を動かさないよう体を丸めて鯉のぼりの中を進んでいると、布越しに近松さんの声が聞こえた。

「進路が左にずれているぞ。そのままだと客席に落ちてしまう。少し右を目指して進め」

「はいー」

僕は答え、近松さんの指示に従って匍匐前進を続けた。

一番大きい鯉のぼりといっても小劇場の舞台の端から端程度。それほど時間を掛けることもなく、僕は下手袖の尻尾から上半身を外に出した。

下手で待ち構えていた近松さんを見上げ、僕は下半身を鯉のぼりに包まれたまま言った。

「くぐりましたよ。……どうでした？」

「ああ、手足の動きはあまり目立たずに、こんもりとした塊が徐々に中を進んでいるように見えた。なかなか上手だったぞ」

「はあ……。ありがとうございます」

何が上手だったのかよくわからなかったけど、僕はとりあえずお礼を言う。

「中を進んでみた感じはどうだ？」

「後方が固定されてるから足の動きは楽でしたけど、布が覆い被さった中を探り探り進むんで、途中から、ちょっと方向感覚が摑みにくかったです」

「そうだな。安全に前進することを考えるなら、やっぱり後方より前方を固定する方が自然かもしれないな。……その辺りに、何か固定した痕のようなものはないか？」

スクワットするように屈み、近松さんは僕の胸元辺りの鯉のぼりの生地に顔を近づける。

腕立てをして空間を作り、僕も床面の布に目を凝らす。

「これ……釘の痕じゃないですかね？」

僕の目線よりも少し上、尾に近い場所に三点並んで空いた小さな穴を僕は見つけた。

近松さんも穴に顔を近づけ、そして僕と目を合わせる。

「そうだな。これで舞台に固定したんだ。そうしなければ、やっぱり真っ直ぐに進むのは難しかったんだろう。上演中の舞台は今より薄暗くて方向も掴みにくかったはずだしな。……しかし、やっぱり進行方向側を口のロープで固定する方が理に適っているような気はするな……」

顎に手を添え考え込み、近松さんは立ち上がった。僕も鯉のぼりの中から完全に抜け出し、立ち上がって辺りを見た。

「下手側にも、ロープを固定する輪っかはありますもんね……。あれ、一体何なんですか？」

下手突き当りの壁、上手と同じく備え付けられた金属の輪っかを見て僕は言う。

近松さんも振り返ってそれを見る。

「あれは天井に吊るすバトンを固定する金具だ。……大詰のシーンで鯉のぼりを吊るしたバトンを引き上げて、舞台全体を鯉のぼりで取り囲んだと大野さんの奥さんが言っていただろ？」

「はい、確かにそう言ってました」

「舞台の奥行、舞台の幅、それぞれの長さのバトンに鯉のぼりをのれん状に吊るせば結構な重量になる。その時、その壁の固定金具を使う」

近松さんは舞台の端に並べた蓋の開いた段ボール箱に視線を向けた。

その中には青以外の色とりどりの鯉のぼり、そして、金属製の円盤に手回しハンドルがついた工具らしきものが入っていた。

箱の前に進み、近松さんは四つぴたりと箱に収まった同じ工具のうち一つを手に取る。円盤に巻き付けられたロープと円盤を固定する外枠から伸びたロープを掲げて見せ、近松さんは言った。

「これはハンドウィンチという道具だ。外枠についているロープを壁の金具に固定してハンドルを回転させれば、歯車の原理で重いものでも容易に引き上げることができる。……壁の金具はこういった道具を使うために設置されている留め具だ。覚えておくように」

「はい、わかりました。……けど、薫おじさんはあの日の道具を本当に全部取ってたんですね」

「うむ――」ハンドウィンチを箱に戻し、近松さんは囁くように言った。

「あの人も、『鯉つかみ』の呪いに囚われたうちの一人だからな」

「『鯉つかみ』の呪い？」

近松さんの意外な言葉を僕は思わず繰り返した。

「……」

黙ってじっと僕を見つめ、近松さんは言った。

「その呪いを、今から一人ずつ解いていくんだ。俺たちの力でな――」

近松さんは顔を上げ、無人の客席をゆっくりと見渡した。

「呪いをかけた本人も、ここからの眺め……芝居という呪いに囚われていたんだろう」

独り言のようにつぶやく近松さんの真剣な横顔を、僕は黙って見つめた。

近松さんが何を言っているのか僕には解らなかったけれど、近松さんが真剣に鯉つかみの謎と向き合っていることだけは僕にも解った。

「……けど、五年も昔の公演の謎が、小道具の鯉のぼりなんかから解けたりするんでしょうか」

「解けるかどうかは解らない。だが――」恐る恐る尋ねた僕に、近松さんは力強く言った。

「関係者それぞれ、自分の立場に縛られて俯瞰することができなかったこの一件の全体像が、俺には既に、何となく見えてはきている」

「そうなんですか？」

驚く僕に、近松さんは首を横に振る。

「しかし、藤さんが舞台から消えた具体的な方法と、失踪の根本的な理由がまだはっきり解らない。……当事者たちに尋ねれば、今となってはきっと隠さず話してくれるだろうが、それではきっとこの呪いは解けないだろう。やはり、あくまでも俺たちは自分たちの力でこの謎を解かないといけない」

何かを決心したように、近松さんは笑顔を作った。

「さて、そこで探し物だ。……その黒い鯉と同じデザインの色違いの鯉を、まずはこの鯉の群れの中から見つけるんだ」

僕がくぐり抜けた大きな鯉のぼりを視線で示し、そして、近松さんは舞台の上を見渡した。

「青は全部舞台に出した。同柄探しはまだしていないから、それは俺が今から探す。……お前は箱に入った他の色から、鱗の形、線の特徴がこれと同じ鯉を探してくれ」

「わかりました。……けど、一体何のために？」

「俺が考えた一つの仮説の可能性を確認するためだ。……とにかくまずは、目当ての鯉をつかまえることが先だ」

「わかりました」

素直に頷き、僕は鯉のぼりが詰まった段ボール箱の前へと進んだ。

＊

「これじゃないですか……ね？」

箱の中にあった赤い鯉のぼり一匹と舞台の上の大きな鯉のぼりを見比べ、僕は言った。

「気が合うな。俺も今、青を見つけたところだ。……ここに並べてくれ」

近松さんが並べた青い鯉と黒い鯉の間、僕は赤い鯉のぼりを舞台に伸ばした。

黒、赤、青――端午の節句に飾られるのと同じ順で、微妙に大きさの違う三匹の鯉は
センナリの舞台の上に横たわった。

近松さんは腕を組み、青と赤の鯉のぼりをじっと見つめる。

「やっぱりこの赤だったか――」

赤？　――何が赤だというのだろう？

僕は隣の近松さんの顔を見上げる。

黙って鯉のぼりを凝視し続ける近松さんに、僕の視線に応えてくれる気配はない。

僕はあらためて三匹の鯉のぼりに目を向ける。

赤と青の差といえば、元々の大きさの違いと、赤い鯉のエラ辺りに細かな皺《しわ》が多数ついていることぐらい。近松さんは何を見て、何が赤だと言っているのか？

「近松さん、あの……」

これはもう尋ねるしかない——と口を開いた僕を残し、近松さんはおもむろに屈み込んだ。

赤い鯉のぼりの口元を少し持ち上げ、表、裏、と確認する近松さん。僕も隣に屈み込む。

「近松さん、あの……何が赤なんですか？」

「これが見えるか？　タケミツ」

持ち上げた鯉の口元を近松さんは示した。

僕は見る。

鯉のぼりの口元、よく見ると幅五センチほど、猫に引っかかれたような何本かの傷らしきものが縦方向に走っていた。

「少し裂けてるみたいですけど……これが、何か？」

「……」

真剣な僕のまなざしをしばらく黙って受け止め続け、近松さんはふっと息を抜くように微笑んだ。

「藤という男は、思った以上に面白い人物だったようだ。……できることなら、舞台に立っていた頃、彼に会ってみたかったものだな」

「どういうことですか？」

「『鯉つかみ』という芝居、鯉のぼりを使った演出で、もし人間一人を消すとするならどうすべきか——その手本となるような大芝居を、彼はまんまと演りおおせたんだ。自分の最後の舞台でな……」

「それは一体……」

「まぁ、待て。答え合わせは真相を知る一人をここに呼んでからだ――」

近松さんはジャージのポケットから携帯電話を取り出した。

＊

赤い鯉を探すために箱から出した色とりどりの鯉のぼり、舞台に敷き詰めていた大量の青い鯉のぼりを元の箱に戻し、近松さんの指示で僕は舞台の上に例の黒と赤の鯉のぼり二匹、そして、四台のハンドウィンチが入った箱だけを並べた。丁度その作業が終わった頃、下手の通用口から猫井さんが舞台に登場した。

「お待たせしました。……謎、解けたんだって？」

にこやかに近松さんに近づきながら、猫井さんは舞台に並ぶ道具にちらりと目を向けた。しかしすぐに視線を戻し、猫井さんは近松さんの前に立ち止まった。

「……さぁ、教えて下さい。藤さんは、どうやってこの劇場から消えたんです？」

近松さんに尋ねる猫井さんの口調と表情は、本当に真相を知りたがっている人のもののように僕には感じられた。しかし近松さんは猫井さんが真相を知っていると言っていた。猫井さんはとぼけているのだろうか？

猫井さんの目を真っ直ぐ見つめ、近松さんは言った。

「藤さんがどうやって劇場から消えたのか、そんなに知りたいですか?」

「もちろんです。あの人は俺の芝居の先輩……いや、師匠のようなもんだ。あの人がどうやってここから消えたのか、なぜ消えたのか、知りたくない訳がないじゃないですか」

「つまり、あなたは藤さんがこの劇場から消えた方法と失踪した理由は知りたいが、舞台の上から消えた方法に関しては特には関心はない。そういうことですね?」

にこやかに言う近松さんの顔を、猫井さんもにこやかに無言で見つめる。

近松さんは言った。

「舞台上からの消失、劇場からの消失、そして、この世からの消失——藤さんは三重の囲みを破るようにして姿を消しました。自身の消失を、彼はきっと『不思議な出来事』として皆の記憶に留めたかったんでしょう。……一つ一つの消失、それぞれの共犯者に対してさえもね」

にこりと微笑み、近松さんは続けた。

「だから、舞台からの消失に協力したあなたにも、彼は劇場からどうやって消えたのか、どうして自分が姿を消すのかを明かすことはなかった。そして、あなたを共犯者にすることによって、舞台からの消失の謎もあなた一人の胸の内に隠すことに成功した。……つまりは、そういうことだったんじゃないでしょうか?」

「……」

困ったような表情を浮かべ、猫井さんは黙り続けた。

猫井さんを安心させるかのように、近松さんは小刻みに頷いて見せる。

「共犯者にされた……というのは少し違うかもしれませんね。別に、犯罪や悪意の事件に加担した訳じゃないんですから。藤さんとあなたの信頼関係、それまで築いた人間関係があったからこそ、あなたは彼のとんでもない企みに協力した。そして、消失のトリックについて黙っていてほしいという約束を、今の今まで律儀に守り続けてきた――その方が、なんとなく実情に近いような気がしますが、どうですか?」

猫井さんはなおも黙ったまま、しかし、ゆっくりと、小さく首を縦に振った。

納得したように、近松さんも静かに頷く。

「あなたたちの固い絆を、俺も当然尊重します。だから猫井さん、あなたに今さら約束を破って真相を話してくれなんて野暮なことを言うつもりはありません。……だけど、このままずっと秘密に縛られ続けているのは、あなたにとっても、他の共犯者にとっても、そして、すべてを謎のまま過去に置き去りにされた和田君にとっても、決して幸せなことではないはずだと、俺は思います」

一拍置いて、近松さんは続けた。

「だから俺が、今から藤さんが仕掛けた『舞台からの消失』の謎を解明します。……それなら、あなたは藤さんとの約束を破ることにはならない。しかし、あなたは約束から解放される。そして藤さんも、自分が企てた芝居の全体像がようやく理解されて、きっと喜ぶんじゃないか……なんとなく俺はそう思っています。合ってるかどうかわからないけど、俺の考え、聞いてくれますか？」

「………」

しばらく黙り続けた後、猫井さんは静かに頷いた。

＊

近松さんの勧めで猫井さんは舞台を降り、客席最前列の椅子に座った。

黒と赤、舞台に横たわる二匹の鯉のぼりを前に、近松さんは舞台の上から猫井さんに語り掛けた。

「まず、あの日の『鯉つかみ』、大詰の舞台進行を確認させて下さい。藤さんと大野さんの立ち回りが始まった時、和田君は舞台後方で二人の立ち回りを見守っていた。……そうですね？」

「そうです」

近松さんはちらりと僕を見る。

「彼に、和田君の視点役を務めてもらいましょう。……タケミツ、宝来軒の写真で和田君がいた辺りに立っていてくれ」

「わかりました」

僕は舞台後方に進み、少し上手寄り、写真と同じ位置で客席側を向いて立つ。舞台中央の近松さんの後ろ姿、そして客席の猫井さんの表情が、この位置からはよく見える。

近松さんは続けた。

「俺が立っているあたりに藤さんと大野さん。大野さんの奥さんの真由美さんはこの場に出番がないため、上手と背景の鯉のぼり幕を順にウィンチで引き上げる担当として、この時点では上手袖にいた。そして猫井さん、あなたは下手の鯉のぼり幕を引き上げるため、そしてこのあと下手側から登場するため下手袖にスタンバイしていた——そうですね？」

「はい。その通りです」

「……さて、志賀之助に化けていた鯉の精が本性を現し、芝居はクライマックスとなった。藤さんは水に潜った見立て、黒い大鯉の中に潜り込むため上手袖に捌《は》けます。そして、舞台は鯉の精の霊力に支配され、上手と下手、そして背後、大量の鯉のぼりが吊されたバトンが、まるで滝登りする鯉のように真由美さんとあなたによって引き上げられました。……本水が使えなかった舞台で、よくこんな派手な演出を思いついたものだと思います。圧巻だったでしょうね。藤さんの芝居、俺も一度は観たかったです」

猫井さんは目を閉じて無言で頷いた。

近松さんは続けた。

「……この演出は藤版『鯉つかみ』の舞台のための演出であると同時に、藤さんが自分自身の姿を消す大芝居のために設計したトリックの一つでもあった。……つまり、上手袖と下手袖で起きていることを舞台の人々に見せないため、鯉のぼりの暖簾は目隠しとしての役割を果たしていたんです」

近松さんの言葉に、僕は首を左右に動かす。たしかに、普通なら舞台の上から舞台袖は丸見えだが、ここに鯉のぼりの暖簾がかかれば、舞台上からも、客席からも、舞台袖で何が起こっているのかは全く見えないだろう。

足元、黒と赤の鯉のぼりを見下ろして近松さんは続けた。

「上手袖に捌けた藤さんは、前日の公演まではこの鯉の中を舞台の中央まで進んでいました。しかし千秋楽のその日、藤さんは自らの姿を舞台上で消すために、あらかじめこの赤い鯉の口の金具に長いロープを結び付け、それを黒い鯉の中、下手側まで通しておいた――」

おもむろに屈み込み、近松さんは赤い鯉のぼりのエラのあたりを指で示した。

「ここに、きつく結んだ跡が残っていますね。舞台から捌けた藤さんは上手袖に準備しておいた水の入ったビニール袋か何かを赤い鯉のぼりの口元、結ばれて袋状になった部分にセットして、自分は鯉のぼりに入ることなく楽屋側の廊下に出て行った――」

近松さんはしゃがんだまま、鯉のぼりの横のウィンチが入った箱に手を伸ばす。

「そして猫井さん、下手袖のあなたは藤さんの依頼通り、赤い鯉のぼりにつながるロープがセットされたハンドウィンチを回し、まるで藤さんが鯉のぼりの中を進んでいるかのように、黒い鯉の中、赤い鯉を泳がせて、その水の塊を舞台の中央直前の位置までゆっくりと進めた――」

近松さんはハンドウィンチの入った箱に視線を向ける。

「鯉のぼりを吊るしたバトンを引き上げるために、上手、下手、背景、ハンドウィンチは三台あればこと足りるはずです。しかし、残されていたウィンチは四台。そのもう一台のウィンチを使えば、人と同じ容積の水の塊を引きずることはさほど難しいことじゃありません。舞台中央辺りまで進めた後、暗転した瞬間に一気にウィンチを回し、黒い鯉のぼりの中、舞台の中央辺りに固定しておいた剣山状のもので水の袋を破る。そしてその道具は赤い鯉のぼりと一緒に巻き上げて回収……つまりは、そういうことだったんじゃないでしょうか?」

近松さんの背中に、僕は思わず声を掛けた。

「そんな方法で、人がいたように見せることなんて出来るんでしょうか?」

ちらりと僕を振り返ってから、近松さんは猫井さんに視線を戻した。

「そこは芝居……きっと稽古とリハーサルを重ねて完璧に仕上げたんでしょう。……いかがですか?」

「……」

しばらく黙って近松さんを見つめ、猫井さんはふっと笑って口を開いた。

「水を入れる袋の選定、うずくまった人のように見せる形の調整、ウィンチを回す速度……藤さんと俺、二人で実験と稽古を何度も繰り返しましたよ。大野さんの立ち回りの派手な動き、暗い照明、床の鯉のぼりの重ね具合……あの日のため、鯉の中に人がいないことを気付かれないようにするために、すべては藤さんが仕組んだ演出だった——」

寂しげに笑い、視線を床に落とし、猫井さんは続けた。

「藤さんは天才だった。申し分のない完璧な演出だった。誰もが鯉の中にいるのは藤さんだと信じて、一瞬で姿を消したことに心底驚いていた。あれは、本当に愉快な舞台だったな……」

「あなたはどうして、藤さんの消失の手助けをしたんですか？」

「それは——」猫井さんは顔を上げた。

「あの時、支配人さんの許可をもらえず『鯉つかみ』に本水を使うことができなかった。……けど、藤さんはどうしても、千秋楽の一度でいいから本水を使って一世一代の『鯉つかみ』を上演したいと言った。自分が消えて水になることで劇場の全員を驚かし、そして、そのまま俺がずぶ濡れの鯉のぼりと格闘することで水をまき散らして、本水を使う歌舞伎と同じように客席を沸かせたいんだ……と」

「あの日の芝居はアドリブではなく、藤さんが演出した本水ありの『鯉つかみ』だったんですね」

こくりと頷き、猫井さんは言った。

「だから、俺は千秋楽に本水で『鯉つかみ』を演るためのひと芝居だと思って協力した。まさか、本当にあのまま姿を消してしまうなんて……」

近松さんの顔をじっと見つめ、猫井さんは言った。

「あの人は、どうして姿を消してしまったんだろう？」

「……それはまだ、俺にもわかりません。あなたと同じく、藤さんの消失に協力した他の人物に、これから話を聞こうと思ってます」

「それは……やっぱり、大野さんなのかい？」

「どうしてそう思うんです？」

「だって――」猫井さんは一瞬声を詰まらせて続ける。

「藤さんは俺の先輩で、尊敬する人で……だから、俺とあの人は決して対等な立場じゃなかった。けど、大野さんは劇団の旗揚げ前からの藤さんの親友……。そんな大野さんに、藤さんが本当に何も言わず姿を消すはずがないんだ。なのにあの時、いくら聞いても、藤さんが消えた理由を大野さんは教えてはくれなかった。それどころか、まるで消えた藤さんをガードするかのように、藤さんの行方を探そうというみんなの意見を抑え、『藤のことはあきらめよう』と言って、藤さんと一緒に作った劇団を易々と投げ出してしまった……」

猫井さんは静かに席を立ち、舞台の近松さんを見上げた。

「けど、そんなのはもうどうでもいいことだ。時は流れてしまったんだから。藤さんはいなくなってしまったんだから。……なのに、俺はあの日の秘密を守ることで、藤さんとの二人芝居を今の今まで演じ続けてしまっていた」

悲しげな、ほっとしたような、なんともいえない不思議な笑みを浮かべ、猫井さんは言った。

「近松君、君のおかげで、俺と藤さんの芝居の幕はようやく下りた――」

猫井さんは太ももに手を添えて、舞台に向かって深々と頭を下げた。

劇団を主宰する役者らしく、その姿はまるでカーテンコールの挨拶のようだった。

パチパチパチ――と、近松さんが舞台の上から小さな拍手を送った。思わず僕も拍手した。

猫井さんは頭を上げ、そして改めて深々とお辞儀した。しばらくして姿勢を戻し、猫井さんは僕たちに背を向けて客席の通路を去って行った。

観客が舞台から拍手を送り、役者が客席を退場する――それは不思議なカーテンコールだった。

4

舞台の上を片付け、近松さんと僕はザ・センナリの事務所に向かった。

休演日の今日、劇場を開けるため薫おじさんが一人出勤してくれていた。

近松さんがノックしてドアを開けると、窓際の自席からおじさんがひょこりと顔をのぞかせた。

「終わったかい？」

「はい、ありがとうございました。あとは荷物を倉庫に戻すだけです」

「そうかそうか。……まぁ、座りなよ」

応接セット近くまで事務椅子を滑らせ、おじさんは僕たちにソファーを勧めた。

近松さんと僕が並んで座る。

前のめりに上半身を倒し、おじさんは言った。

「で、何か判ったのかい？」

「ええ、藤さんが舞台から消えた仕掛けは解りました」

「へぇー。それはすごいな」

穏やかに微笑み、おじさんは続けた。

「……まぁ、この世には不思議なことなど何もない——って、誰かも言っていたことだしね。何か仕掛けがあったというのは、まぁ、当然といえば当然だよね」

「たしかにこの世に不思議なことなんてないかもしれませんが、舞台に生きる人間の心の内は、矛盾と不思議に満ちてますね——」

近松さんはふっと笑った。

「人気の絶頂に消息を絶った藤さん。藤さんとの芝居を今まで律儀に続けてきた猫井さん。そして、劇場からの藤さんの失踪を手助けして、その秘密を今まで守り続けてきたあなた。薫支配人……」

近松さんはじっとおじさんの目を見つめた。

「……」

近松さんの視線をしばらく受け止め、おじさんは困ったように肩をすくめた。

「まぁ、鯉のぼりの中から消えた謎に比べれば、近松君なら最初から解っていても不思議じゃないぐらい、簡単な謎ではあるよな」

近松さんは黙って頷く。

僕は驚き、二人の顔を交互に見比べた。

「おじさんが、藤さんの失踪を手伝った？　でも、どうして……」

おじさんは困ったように微笑んだ。

「自分の最後の願いを聞いて欲しい、そして、そのことはずっと秘密にしておいて欲しいって藤君に頼まれちゃってさ……。結局それは、本当に彼の最後の願いになってしまったから、僕も約束を破る訳にはいかなくなっちゃってね。……悪かったね、君たちにまで黙っていて」

申し訳なさそうなおじさんの顔を見るのが辛くなり、僕は近松さんの方を向く。

近松さんはおじさんの顔をじっと見つめている。

僕は近松さんに言った。

「薫おじさんに、藤さんとの約束を破らせちゃうんですか？　さっきみたいに、近松さんの口から、謎解きをしてはくれないんですか？」

「………」

ゆっくりと僕に顔を向け、そして近松さんは頷く。

「ああ、そうしよう。そうさせてもらおう――」

おじさんに視線を戻し、近松さんは口を開いた。

「あの日、ロビーには劇団の受付スタッフの目、舞台裏の通用口前には大野さんの奥さんの目があった。搬入口は閉じられていた。男性用の楽屋、女性用の楽屋、二つの楽屋の窓のカギは閉まっていた。オーナーは藤さんの招待を受けて観劇中。そのため、この事務所では薫支配人が一人仕事をしていた――」

一拍置いて、近松さんは続けた。

「その後の捜索で、薫さんは男性楽屋に落ちている藤さんの浴衣の片袖を見つけました。窓の鍵が閉まった楽屋で藤さんの痕跡が見つかったこと、それを見つけたのが信用ある劇場支配人だったことから、劇団の皆は藤さんが密室の劇場から消え失せてしまったかのような錯覚に囚われてしまった。しかし、もし支配人が藤さんの協力者だったとしたら……。舞台をあとにした藤さんを事務所に招き入れ、窓から外に逃がしてさえあげれば、藤さんはまるで密室の劇場から消失したかのように見える。逆に言えば、それしか藤さんが劇場から姿を消す方法はなかったはずです。つまり、薫さんが藤さんに協力してあげたとしか、この件に関しては考えられない。それが、劇場の密室の謎の答えです。……そうですよね？　薫さん」

近松さんはおじさんをじっと見つめた。

おじさんは黙って頷いた。

「けど、薫さん、どうして藤さんの失踪に協力してあげたんです？　親友の大野さんが藤さんの行方を探させないように協力してあげるというのは理解できる。しかし、劇場支配人のあなたが、なぜそこまでして一利用者の藤さんの望みを叶え、今まで秘密を守り続けてあげたのか？　それだけが、俺にはさっぱり解らない……」

近松さんはおじさんをじっと見つめた。

おじさんは近松さんを見つめ返した。

「近松君も知っての通り、小劇団の芝居ってのは日々新しいことを模索して、自分たちのやり方を常に進化させていくものじゃないか。そうだろ？」

「ええ。それこそが小劇場芝居の魅力ですね」

「うん。だから、藤君に劇場からの消失に協力してほしいと頼まれた時は、まぁ、そういう演劇的な表現だと思ったんだよ。舞台の上だけじゃなく、劇場の外まで劇的な空間を拡張する――そんな寺山修司の芝居のようなことをやりたいのかと思ってね。藤君は、僕なんかから見ても才能に溢れた将来有望な演劇人だったから、彼がやりたいということは、できる限り協力してあげたいと思った――」

何かを思い返すように黙り込み、そして、おじさんはふっと自嘲気味な笑みを浮かべた。

「けど、『鯉つかみ』の本水は、利用規約で禁止しているからと言って許してあげなかったんだよな……。今だったら、対策さえちゃんとしてくれればやらせてあげてもいいと思えるんだけど、あの時はまだ、僕ももう少し若くて、そして、和田さんをめぐって藤君と、なんとなく張り合っていたようなところもあったから、少しばかり意固地になっていたのかもしれないな」

え？——僕の心はざわついた。

七年前、夏休みに上京した僕を一緒に遊びに連れて行ってくれた薫おじさんとなっちゃんは、思えばたしかに楽しそうで、なんだかとてもいい雰囲気だった。それが今ではあだ名で呼ぶのをやめ、仕事仲間として一線を引いて接している。それは、もしかして……。

驚く僕の顔を見て、おじさんは照れくさそうに俯いた。

「まぁ、そんな深い話でもないんだけどね。彼女の所属劇団の代表と、彼女のバイト先の上司……年の近い男同士、なんとなく、自分の方がより慕われていると思いたいっていうような、その程度の話ではあったんだ……。あれ？　僕は何をどこまで話していたんだっけ？」

「本水の使用は認めなかったけど、こっそり姿を消す手伝いはしてあげた……」

近松さんの助け舟に、おじさんは「そうそう」と頷いて話を続けた。

「あの日、終演直前、藤君は予定通り舞台を抜けて急いでここにやって来た。その時、ドアノブに引っ掛けて浴衣の片袖を破いてしまった。浴衣のままじゃ目立つから、彼は浴衣を脱いで中に着ていた洋服姿になって窓から出て行った。けど、急いでいたから片袖を荷物に入れ忘れちゃってね。今になって思えば、抽斗の中にでもしまっておけばよかったんだけど、その時はまだ、藤君の実験的な演劇を手伝ってあげてるつもりだったから、より皆の目をくらませられると思って、彼の楽屋で見付けたってことにしてしまったんだ」

「しかし、保管されていた荷物の中に浴衣の片袖はありませんでしたね」

「……」

おじさんは黙って僕たちの顔を見つめた。

しばらくして、意を決したようにおじさんは口を開いた。

「ここを出て行く時、もしも何かあった時は……と言って、藤くんは連絡先のメモをくれた。特に何もなければ捨てて下さい、と言い添えてね。千秋楽、彼は僕を騙してまんまと本水の『鯉つかみ』を演りおおせた。その水のせいで劇場に損害を与えたりしてしまった場合は、彼はきっちり責任を取るつもりでいたんだろう。幸い水の問題は起きなかったけど、実験演劇の一幕だとばかり思っていたことが本当の失踪騒ぎになってしまっただろ？　……僕は片袖を返すという名目で、その番号に電話を掛けてみたんだ」

おじさんは視線を床に落とした。

「繋がった先は、彼の田舎にある総合病院だった。驚いて、僕は急いで次の日新幹線と在来線を乗り継いで片袖を持って会いに行ったよ。藤君はベッドに寝ていた。彼はまず、最後の舞台で許可なく本水を使ったことを僕に詫びた。元気そうだったけどね。若いから進行が速くて、判った時はもう手遅れだった――と言って、彼は寂しそうに笑っていたよ。これからだっていう時に、さぞ悔しかったと思う」

しばしの沈黙を挟み、おじさんは続けた。

「本水のことなんて構わない、どうして皆に黙って姿を消したんだと、僕は藤君をなじった。……彼は何て答えたと思う?」

おじさんは僕の目をじっと見つめた。

僕に答える言葉はなかった。

答えのない答えを受け止め、おじさんは藤さんに代って言った。

「上演中に舞台から消えたら、なんだか芝居が終わらないような気がして……そう、彼は答えたよ」

僕と近松さんの顔を、おじさんは見比べるように見た。

「自分自身の気持ちとしてもきっとそうだったろうし、和田さんや仲間たち、そして劇団のお客さんたちにも、藤君はきっと自分のことを忘れないでいて欲しいと願ったんだと思う。そんな一世一代の大芝居を打たれてしまったら……。僕は……到底彼に敵うことなんてできないよ」

再び寂しげな笑みを浮かべ、おじさんは締めくくるように言った。

「大野君が悲しい報せを届けてくれたのは、それからすぐのことだった。あの一件の関係者で藤君の死を知っているのは、もともと病気のことを伝えていた親友の大野君と、片袖を届けた僕の二人だけだった。自分が死んだことも皆には伝えないで欲しいという藤君の遺言を、大野君と僕は守ることを約束し合った。しかし……」

おじさんは近松さんの目をじっと見つめた。

「あの日の秘密を見破られた僕は、こうして君たちに真相を話してしまった。藤君との約束を破ってしまった。だが、それで良かったんだとも、僕は少し思っている。……近松君、この際、劇場からの失踪の真相と藤君のその後について、僕は皆に打ち明けた方がいいんだろうか？」

「……」

近松さんは黙っておじさんの目を見つめた。

しばらくして、近松さんは軽く首を横に振った。

「俺は今回、関係者それぞれに会って話を聞きました。皆、ちゃんと前に向かって自分の道を歩み始めています。真相を知らないままでも、きっと大丈夫だと思います。……若干一名、まだ歩み出せない人もいるようですが、まぁ、それも一つの人生でしょう」

「へ？」

不思議そうに首をかしげるおじさんに、近松さんはふふふと笑った。

「たしかに、世の中には不思議なことなんて何もないかもしれません。けど、小劇場の舞台の上、ひと時の芝居の夢の中、不思議な謎が一つや二つ残っても、それくらい、別に許されるんじゃないですかね」

「……そうか。そうだよな」

近松さんの笑顔につられるように、薫おじさんは穏やかに微笑んだ。

5

藤十郎一座さよなら公演『鯉つかみ　水ありVERSION』初日。

猫井さん率いる劇団の人たちと和田さんが二階で搬入と仕込みをしている間、僕と近松さん、薫おじさんとダイクさん、イーストエンドの男四人は横丁の中庭、ポリカーボネートの屋根を支える鉄骨に鯉のぼりを吊るす作業を担当した。

もちろん、それは一階の倉庫に眠っていた色とりどりの藤十郎の鯉だ。

一番大きな黒い鯉のぼりと複数の青い鯉のぼりは「やっぱり、一座の最後の思い出に」と、猫井さんが今回の演出に使うことになった。そして薫おじさんの提案で、赤や緑、他の鯉のぼりは藤十郎一座へのはなむけ代わり、横丁の中庭に賑やかに飾ることになったのだった。

長い脚立を壁際に寄せ、僕たちは横丁の入口に立った。何匹もの鯉のぼりがゆらゆらと揺れる天井を見上げ、薫おじさんは満足げに言った。

「うん。歌舞伎の興行のぼりみたいに華やかで、なかなか良いんじゃないか？」

「そうっすね。けど、人気のセンナリ小歌舞伎が今回でおしまいってのは、やっぱり……なんか寂しいっすよね」

「そうだな。けど……」しみじみと言うダイクさんに、薫おじさんは穏やかに応えた。「きっと他の劇団が、また新しいことをやってくれるさ。……なぁ、近松君」

「そうですね。開いた幕は必ず閉じる……。次の幕を開けるためにね」

「うん。そういうことさ——」

こくりと頷き、薫おじさんは横丁奥の鯉のぼりを見上げた。

「あそこの鯉のぼり、隣と絡まっちゃいそうだな。ダイク、ちょっと手伝ってくれ」

脚立を持ってダイクさんとおじさんは横丁の奥に移動した。ダイクさんが支える脚立を昇るおじさんの姿を眺めながら、なんとなく僕は近松さんに尋ねた。

「藤さんは三人の仲間に最後の芝居を手伝ってもらって、三人はそれぞれ部分的に謎のタネを知ってましたよね。でも、和田さんだけは何も知らされず、すべてが不思議のままだった。それって、やっぱり……」

藤さんが、最後の芝居を捧げた相手は和田さんだったんでしょうか——。

藤さんは和田さんのことを――。その想いを知ってしまったから、だから、薫おじさんは――。

「……」

僕と一緒にしばらく黙って、近松さんは鯉のぼりを見上げながら言った。

「それぱっかりは俺にもわからん。どうしても気になるんなら、本人に直接聞いてみるんだな」

「さすがにそれは……」

自分のおじさんにそんなことを聞くのは、いくら何でも照れくさい。

脚立のてっぺんから鯉のぼりに手を伸ばす薫おじさんの姿を、僕はぼんやりと見上げた。

「――ほら、噂をすれば降りて来たぞ」

「えっ？」

近松さんの言葉に驚いて視線を下げると、二階通用口からの階段を、猫井さん、和田さん、劇団の人たちがぞろぞろと降りてきたところだった。

薫おじさんではなく、近松さんが言った「本人」は和田さんのことだったようだ。

謎が解けた日、そのことを僕が電話で報告すると和田さんは「そう。ありがとう」と清々しく答えた。けど、和田さんは真相を聞かせてくれとは言わなかった。和田さんにとって、きっと、それはようやく完全に過去のことになったのだろう。

そして、和田さんは宣言通り有給休暇を取得して、劇場の職員としてではなく、藤十郎一座のOGとしてさよなら公演の制作補助に入ったのだった。だから今日も、和田さんは他のメンバーと同じくスタッフTシャツにジーンズというラフな格好をしていた。降りて来た皆は手に手にお茶や水のペットボトルを持っていた。きっと休憩に出てきたのだろう。

近松さんと僕のいる横丁の入口までやって来て、先頭の猫井さんは機嫌良く上を見上げた。

「景気よく飾ってくれたねぇー。こりゃ、大成功間違いなしだよ！」

「そうでしょうね、きっと。……初日、おめでとうございます」

にこやかに言う近松さんに、ペットボトルの水を一口飲んだ猫井さんは改まって頭を下げた。

「近松君、今回は色々世話になった。本当にありがとう」

「いやいや、礼ならオーナーと薫さんに言ってあげて下さい」

「ああ、そりゃ勿論だとも。……で、支配人さんは？」

「あそこで鯉をつかんでますよ」

近松さんは横丁奥の天井に視線を向けた。

猫井さん、和田さん、そして他の皆もその視線を追った。

鉄骨から外した鯉のぼりを、薫おじさんは別の場所に吊るそうと手を伸ばしていた。

「支配人みずから作業してくれて……本当に優しい人だよな」

しみじみと言う猫井さんの隣、和田さんが口元に両手を添えて声を上げた。

「薫さーん。劇場の仕込み、終わりましたー」

劇団時代の気分に戻ったせいか、和田さんは役職ではなく名前でおじさんを呼んだ。

僕は少し驚いた。脚立の上のおじさんも驚いたのか、顔をこちらに向けた瞬間、吊るそうとしていた鯉のぼりを手から放してしまった。

ゆらりゆらりと落ちてゆく鯉のぼりを薫おじさんはつかもうとしたが、まるで巧みに逃げるように、鯉はするするおじさんの手を離れていった。

和田さんはくすりと笑った。

猫井さんも笑った。

見得を切るように大きく体を動かし、猫井さんは例のセリフを口にした。

「コイ、ツカミソコナッタァー」

猫井さんのペットボトルから飛び散る水に、僕たちは悲鳴を上げ、そして笑った。

（了）

出典

『青い紅玉』（『シャーロック・ホームズ大全』より）
サー・アーサー・コナン・ドイル　鮎川信夫訳　講談社
『死と乙女』　アリエル・ドーフマン　青井陽治訳　劇書房
『知るや君』（『藤村詩抄』より）島崎藤村　岩波文庫
『白い病気』『マクロプロスの秘密』（『カレル・チャペック戯曲集２』より）
カレル・チャペック　栗栖茜訳　海山社
『湧昇水鯉滝』　勝諺蔵

解説

海神惣右介

「変わり続ける相変わらずの街へ――」という作者冒頭の献辞の通り、様々な変化を柔軟かつ鷹揚に受け入れ続けてきた下北沢の街は二〇二〇年、コロナ禍というかつてない大きな変化に直面した。小劇場、ライブハウス、飲食店……人と人との距離の近さこそが何より魅力だった街を変えたのは病魔のみならず、彼らの在り方を根底から問い直すような公的なガイドライン、そして彼ら自身による恐らく苦渋に満ちた、真剣な自問自答と自主規制であったろう。その変化は当事者たちにとってどれほど大きな試練であり苦難であったか、客席側の我々には到底想像できるレベルのものではなかったに違いない。

そんな大変化から遡ること七年、これもまた下北沢にとって大きな変化の年。小田急電鉄下北沢駅の地下化、それにともない長年の嫌われ者「開かずの踏切」が姿を消した二〇一三年三月、この温かで魅力あふれる街を舞台に新たなシリーズ・ミステリーの幕が開く。古いアパートを改造した小劇場、センナリ・コマ劇場支配人のウィリアム近松と劇場設立者の孫で大学生の竹本光汰朗（愛称タケミツ）、二人の青年を探偵役と助手役に配した本作『神様のたまご　下北沢センナリ劇場の事件簿』である。
名探偵の神様、シャーロック・ホームズへのオマージュとその有名作に関する謎を扱う第一幕『神様のたまご』で、近松は安楽椅子探偵《アームチェアディテクティブ》風の推理で新たな探偵役の誕生を宣言する。倒叙ミステリ風に始まる第二幕『死と乙女』、助手役タケミツは初出勤した劇場で早々にピンチに陥る。第三幕『シルヤキミ』では演劇と共に下北沢を代表するカルチャー、バンドの揉めごとに巻き込まれる。第四幕『マクロプロスの旅』は不思議な余韻ある物語である。作中の謎の一つは未解明のまま終わるのだが、物語世界の外側にいる読者はなんとなくその意味を感じ取ることができる。そして第五幕『藤十郎の鯉』は名探偵・金田一耕助の中編『幽霊座』を小劇場演劇の世界に置き換えた青春小説風味、意欲的な横溝正史パスティーシュでもある。

　今のところ殺人事件が起きない、いわゆるコージー・ミステリーの系譜に連なる本作であるが、右に見るように安楽椅子探偵風、倒叙風、軽ミステリ風、作中だけでは完結しないメタ構造（変格ミステリ風）、衆人環視の舞台からの人間消失（本格ミステリ風）と、作者は各話それぞれに用いるミステリーの文法《コード》、読書の味わいを巧みに変化させながら物語を紡いでみせる。それはバラエティあふれる手法とネタで観客を楽しませる小劇場演劇の方法論のようでもあり、また、「ミステリー《謎解き》」は小説の「目的」ではなく様々なドラマを描くために有効な「手段」である——という作者自身のミステリー論の実演のようでもある。

また、演劇界や下北沢の「誰か」をどこかしら連想させる各話のゲスト・キャラクターたちのネーミングは、単純な言葉遊び、パロディーの域を出ないものではあるものの、彼ら自身も劇的なパロディー精神に富む表現者たちへの良い意味でのクロス・カウンター、作者からの讃意あふれるオマージュでもあるのだろう（無論「実在の人物、団体とは一切関係ありません――」なのは言うまでもないことだが）。

近松とタケミツをはじめとする下北沢センナリ劇場、イーストエンドの人々、そして演劇界の様々なゲスト・キャラクターたちが縦横無尽に活躍する『下北沢センナリ劇場の事件簿』の息の長いシリーズ化、舞台化、ドラマ化など、本作の今後の展開と発展を筆者は大いに期待したい。その実現のためには作者自身の不断の努力が何より重要なのは言うまでもないが、読者の評価と熱い支持もまた、なくてはならぬ重要なファクターである。まさに第二幕『死と乙女』で毬谷まりやが言うように〝何かつぶやく時は『#下北沢センナリ劇場の事件簿』ってタグをつけて宣伝を手伝ってね。私たちの未来のために〟――である。

応援のほど、何卒よろしくお願いいたします。

さて、作者・稲羽白菟はいわゆる就職氷河期に文学部、とりわけつぶしのきかないフランス文学専修を卒業した後、旅行添乗員や骨董商、呉服店などでアルバイトをしながら吉祥寺の古いアパートの一室に住まいして読書三昧、観劇三昧、気楽な極楽とんぼの日々を過ごしていたという。その部屋は直木賞作家・評論家の田中小実昌氏が昔住んでいた部屋だった。ぶらりと父上の旧居見物に来て以来、たまたま同じ文学部の後輩だった作者のことをなにかと気に掛けてくれた氏のご息女、小説家の故・田中りえさんとご一緒したのが作者の下北沢の小劇場観劇デビューだったという。その時の公演は戌井昭人氏の劇団『鉄割アルバトロスケット』。馬鹿舞伎。この小説の舞台にどこかよく似た劇場での観劇だったという。

そんなこんなの経験が後に活きてこんな小説になるのだから、読書も観劇も「ただの道楽」「不要不急のもの」と決してバカに出来たものではないだろう。たとえそれらの経験を小説等に活かすことがなかったとしても、色々なエンタメを存分に楽しめたのだから、それだけで人生充分にお得だ。

読者の皆さまにも、是非これからも心おきなく読書や観劇を楽しんでいただきたい――きっと作者も心から願っているに違いない。

現時点で稲羽白菟は三作の長編ミステリーを上梓している。文楽と生き人形、母子の情愛が主題の『合邦の密室』、歌舞伎と忠臣蔵の虚実、血統主義の悲劇が主題の『仮名手本殺人事件』、オペラと映画と都市伝説が主題、フランス、カンヌを舞台にした擬海外ミステリー『オルレアンの魔女』。

コージーの系譜にある本作と違い、長編三作はあえて大上段に構えた王道志向のシリアス・ミステリーであるが、主題とする古典作品の扱い方、テーマの傾向、小説のドラマツルギー《作劇法》、そして、重厚ながらも親しみ易い読み味など、同一作者ゆえ作品に映る「作家性」は当然共通しているので、本作をお気に召した読者の皆さまには是非とも既刊も併せた読書をお薦めしたい。特に『仮名手本殺人事件』『合邦の密室』――劇評家・海神《わだつみ》惣《そ》右《う》介《すけ》が名探偵役の「海神惣右介シリーズ」は本シリーズと時代設定も重なるため、いつか両作がクロスオーバーする……などということもあるかもしれない。

稲羽白菟。油断のならないミステリー作家である。

（劇評家）

あとがきに代えて。稲羽白菟

（小説家）

本作品は文春文庫のための書き下ろしです。
本書はフィクションであり、実在の人物、
団体とは一切関係がありません。

ＤＴＰ制作　エヴリ・シンク

文春文庫

神《かみ》様《さま》のたまご
下北沢《しもきたざわ》センナリ劇場《げきじょう》の事件簿《じけんぼ》

定価はカバーに表示してあります

2024年4月10日　第1刷

著　者　稲《いな》羽《ば》白《はく》菟《と》
発行者　大沼貴之
発行所　株式会社　文藝春秋

東京都千代田区紀尾井町 3-23　〒102-8008
TEL　03・3265・1211㈹
文藝春秋ホームページ　http://www.bunshun.co.jp
落丁、乱丁本は、お手数ですが小社製作部宛お送り下さい。送料小社負担でお取替致します。

印刷製本・大日本印刷

Printed in Japan
ISBN978-4-16-792203-0